AF131522

# Les sorciers de Tinerghir

Pierre DABERNAT

# LES SORCIERS DE TINERGHIR

**ROMAN**

La blancheur éclatante
L'ivresse des orangers
Le soleil qui assomme
Les fleurs éblouissantes
La fontaine en céramique
Le moelleux du gazon
Le lézard qui paresse
La servante qui travaille
Le boxer qui s'étire
Le sable de la plage
Les virées dans le sud
L'achat des souvenirs
La visite en médina
La piscine de l'hôtel
Les verres d'orangeade
Les filles bronzées
Les boites à la mode

Voilà **mon** Maroc !

La cohue de la foule
Le mendiant qui accroche
Le gosse qui s'enfuit
L'épicier qui attend
La gamine qui tisse
Le cul de jatte en chariot
Le vieux qui mendie
Les pieds nus sur la route
La tannerie qui empeste
Les mioches en guenilles
Le plat de tajine
La femme voilée
La saleté, les bagarres
Le muezzin, le ramadan
L'odeur de la friture
Le flic et sa mitraillette
Les babouches jaunes

Voilà **le** Maroc !

Le rêve est indispensable pour vivre ? Mais vous est-il arrivé de penser qu'il pouvait être dangereux ?

Imaginez un cauchemar tortueux, aux carrefours impitoyables, qui se réaliserait. Un cauchemar qui débuterait avec la douceur trompeuse d'un rêve idéal. Ensuite ce serait l'enfer. Mais il y a pire ! Lorsqu'un individu a saisi le pourquoi de sa punition il sait que son chemin sera celui de la souffrance. Mais ne pas savoir ? Le passage de la passerelle qui mène de la normale à la folie paraît sans danger alors qu'il est périlleux. N'importe qui ayant une vie simple, monotone, peut s'y engager un jour sans raison.

Il y a dix minutes qu'il la fixe. Dix minutes qu'il ne la voit pas. Songeries... Pourtant, sous la clarté de l'aube rougeoyante, la palmeraie, jardin merveilleux au milieu d'une terre brûlante et aride, resplendit de sa lumière verte. Bientôt, l'astre aux mille feux s'élèvera dans un ciel gris plomb. Sa fièvre torride écrasera tout. Inexorablement.

Renaud referme la fenêtre. Il enfile son pantalon de toile beige puis jette sur son dos un tee-shirt propre. En prévision d'une canicule difficilement supportable.

L'hôtel domine l'oasis. L'architecture est provocante de laideur. Elle accentue l'austérité de l'établissement. Rien ne fonctionne. La climatisation de la pièce ne refroidit l'air ambiant que dans un rayon de trente centimètres. Le ronronnement intempestif l'a empêché de dormir. Il a soif, la gorge sèche. L'eau plate qu'il avale à grandes gorgées atténue l'effet de sa soirée alcoolisée.

Le réveil indique six heures quand le chaouch frappe à la porte. Vêtu d'un sarouel rouge vif et d'une tunique en tissu marron, il apporte le petit-déjeuner. Les croissants ne ressemblent à leurs frères parisiens que par la forme. Mais il n'est pas venu ici pour faire des comparaisons culinaires. Il boit son café et néglige le plateau pour s'accouder à la fenêtre.

Le panorama est sublime. L'aube digne d'être photographiée.

Cinq jours ! Il ne reste que cinq jours avant de retourner à Paris. Il se souvient de la foule à Orly, le jour de son départ, de cet aéroport déversant son pur jus de touristes comme une orange pressée toujours et indéfiniment juteuse.

Le soleil pointe davantage. S'il ne se dépêche pas, il ratera le moment crucial pour faire sa photo. Son grand angle est prêt. Un besoin de mitrailler la quiétude de la palmeraie l'assaille.
Sur la terrasse, l'architecte a planté un minaret d'une dizaine de mètres. De forme carrée à l'instar de la célèbre tour Hassan à Rabat, cela lui donne un aspect royal et pompeux. Pour accéder au sommet une échelle en fer, noire, scellée à même le mur, est l'unique chemin. Aussi, rares sont ceux qui tentent l'aventure.
Renaud ne se considère pas touriste. S'il est nécessaire qu'il se définisse, sa petite vanité préfère opter avec un brin d'humour pour une étiquette d'aventurier profitant au maximum de son congé payé.
Le chaouch au visage huileux est l'homme à tout faire. L'hôtel est trop isolé et pas suffisamment riche pour employer plusieurs personnes. Sans y être invité, il est revenu frapper à la porte.
- L'aube ici, Monsieur, est la plus belle du monde.

Renaud n'a pas le temps de lui expliquer avec diplomatie qu'il désire être seul que déjà l'autre le précède dans l'escalier. Les touristes dorment encore. Ils préfèrent généralement acheter les frémissements de l'aube directement sur carte postale.
Les babouches du drôle de bonhomme raclent le sol. Renaud derrière lui, observe ses talons poussiéreux. Il l'imagine enfant courant pieds nus dans les rocailles à la poursuite de quelques chèvres. Sa livrée d'employé représente la promotion de sa vie. Et son zèle à servir le client démontre que son travail lui plaît.
Au bas de la tour, Renaud extirpe une poignée de dirhams de son porte-monnaie et montre l'échelle qui accède au sommet.
- Je vais là-haut tout seul ! Je vais prendre des photos. Tu peux me laisser !

Il est convaincu que le chaouch n'a rien compris. Désinvolte, avec un soupçon de moquerie, il brandit son appareil sous son nez afin de lui faire mieux saisir.

La réponse est cinglante. Dans un français parfait le marocain lui répond qu'il n'est pas plus bête qu'un autre. Avec son attirail qui le gêne, Renaud lui retourne alors un sourire embarrassé de niaiserie. Celle du client qui paye et qui se croit tout permis.

Cette remarque est bien envoyée. Il le reconnaît. Il ne sait plus s'il doit le tutoyer ou le vouvoyer…

- J'en aurais pour longtemps ! C'est inutile que tu… que vous m'attendiez.

Comme cela est étrange !

Il suffit qu'un simple employé, et arabe de surcroît, qui vous paraît antipathique, vous regarde d'une certaine façon pour que l'on réalise combien les films qui ont jalonné votre enfance, où le blanc rudoie paternellement le brave indigène, sont périmés, bons pour la poubelle.

Il a mauvaise conscience. Il n'a réellement fait la connaissance de personne. Et il est en train de passer complètement à côté de ce pays féerique. Pourquoi ne cesse-t-il donc pas de jouer au guignol ? Oublier cette putain de boite à souvenirs sur papier brillant.

Là-dessus, au troisième échelon il arrête. Renaud lève la tête et il se traite d'imbécile. Au dixième c'est définitif. Il redescend lentement. Le chaouch qui le fixe au bas de l'échelle ne semble nullement étonné. Les touristes sont des gens bizarres en ce qui le concerne. Il y a longtemps qu'il ne cherche pas à comprendre leurs agissements débiles. Fataliste il lui emboîte le pas, sans poser la moindre question.

Cinq minutes plus tard, les mains dans les poches, le truc à faire coucou plié dans la chambre, Renaud dévale la pente à travers les taillis de l'autre côté de la route. Il est rempli d'allégresse. C'est la première fois depuis son arrivée au Maroc qu'il utilise ses jambes. L'aventurier du mois d'août prenait ses photos du toit ouvrant de sa voiture de location.

Il se sent revivre. Et gonflé par cette résurrection il s'arrête. Un mur à demi-démoli sur lequel il se hisse lui permet d'observer plus à son aise la vallée verte.

Les montagnes rouges qui la tiennent prisonnière ne possèdent aucune herbe. L'unique fraîcheur à laquelle ces pentes ont droit est l'ombre fugitive et immense des nuages qui passent. Lourds de toute cette eau que jamais ils n'offrent…

Renaud respire à fond et l'odeur du blé le surprend. A quelques mètres au-dessous de lui, un grand pieu en bois se dresse au milieu d'une aire à blé. Des brindilles sont restées dans le sable malgré les mains usées et attentives de la femme qui vient de remplir ses sacs.

Sur sa poitrine, les jumelles commencent à peser. Sa conscience lui répète qu'elles sont encore un luxe inutile. Qu'il pourrait s'en passer ! Mais il passe outre.

Les coudes calés sur les genoux, il braque son engin de voyeur de gauche à droite. Méthodiquement. Lentement.

Les maisons en pisé, cubiques, bordent les terres arrosées. Elles s'accrochent aux escarpements, et se confondent avec l'arrière-plan des collines. Ce rouge poussière devenu presque jaune et qui fait cligner les yeux. Malgré cela, il distingue parfaitement les terrasses. La vie quotidienne lui apparaît alors dans toute sa simplicité. Par-ci, par-là, sous des abris de rameaux entrelacés et séchés, des moutons et des chèvres attendent d'être mis au pré.

Et puis, s'étire langoureusement l'oued. Dans ce pays l'eau est la véritable richesse. A proximité de la route goudronnée, à l'ombre du pont, des femmes sont courbées sur leur lessive. Il en dénombre une dizaine. Le linge lavé étendu sur les buissons respire la chlorophylle. Pas besoin d'adoucissant ! se dit-il.

Accroupies sur les pierres plates polies par des générations de genoux et d'étoffes gorgées d'eau, les mères en profitent pour laver leur progéniture. Mais ce petit monde piaille et préfère s'arroser, se poursuivre, plutôt que subir la tendre rudesse de la pierre ponce.

Très doucement Renaud remonte l'oued généreux.

Dans la luzerne il y a d'autres femmes. Elles sont assises sur les talons, avec la faucille à la main et préparent d'immenses fagots qu'elles stockent sur le sentier. Plus tard, elles les hisseront sur leurs têtes, sur leurs dos, pour ensuite, en une procession lente et tout en équilibre, les transporter jusqu'au village.

Un peu plus loin, adossés à l'ombre d'un mur, Renaud déniche des vieillards qui échangent des souvenirs, des vieilles histoires devenues des légendes. Il les laisse à leur grande activité et il pousse son errance visuelle encore plus loin.

Les vannes ouvertes, les seguias regorgent d'eau. C'est la vie qui coule. Une poignée de garnements s'éclaboussent devant un abreuvoir. Sur les hauteurs, à travers les sentiers qui serpentent entre les bâtisses et les cours, entre les bergeries et les potagers, vont et viennent quelques mulets chargés de paille ou de jarres pleines d'eau.

Un homme, drapé dans une djellaba blanche immaculée, donne la main à un enfant débraillé qui courbe la tête. Sans doute une remontrance. Quelques femmes remontent avec leur paquet de linge sous le bras. Celles-ci se sont dépêchées. D'autres tâches les attendent.


Renaud déguste ce paysage et ces scènes champêtres qu'il vole à l'intimité de cette vie qui lui est étrangère.

Les champs sont rectangulaires, d'un ordre strict et délimité par les lauriers et les mimosas. Le rose et le jaune, bijoux naturels, ornent la robe de la vallée. Ils contrastent singulièrement avec la beauté pure du ciel bleu. Bientôt celui-ci dérivera vers le gris. Le vent au fil des heures se réchauffera et la chaleur retrouvera ses prérogatives perdues durant la nuit.


C'est huit heures à peine à sa montre. Devant lui grouille la vie. Pour cette population, cela est évident, la journée est largement entamée.

Une honte nouvelle lui tombe dessus. Encore une autre ! C'est celle de sa fainéantise citadine. Ses bras maintenant pèsent plus lourds. Des picotements envahissent ses membres. Sa position d'observateur n'est pas idéale. Aussi, repose-t-il, les jumelles, précautionneusement.

Les musulmans pensent que la destinée existe. Renaud ne s'est jamais posé la question. Les théories compliquées relatives à la pensée humaine ne font pas partie des ses préoccupations. Il l'avoue humblement. Son esprit est tranquille et c'est aussi bien comme ça. Il n'est troublé que par ses fins de mois difficiles ou les mauvais résultats du Paris Saint-Germain. C'est dommage mais il a été programmé ainsi.

C'est pour cette raison qu'il ne replace pas la paire de jumelles dans son étui en cuir. C'est pour cette raison qu'il ne s'aventure pas sur la route pour une promenade bien goudronnée. Et c'est certainement toujours pour cette fameuse raison qu'il repose les jumelles sur son nez pour satisfaire encore une fois cette soif bizarre de beauté.

*

Soudain son instinct lui souffle de diriger son observation dans une autre direction. Les ronds magiques cerclés par les ténèbres du boîtier se fixent alors entre deux rangées de dattiers. Au loin, à la toute extrémité de l'oasis. Ses mains se sont immobilisées. Renaud ressent bizarrement comme une étrange émotion. Dans ce paysage bucolique et immobile il n'y a cependant rien pour provoquer autant d'émoi. Il n'y a rien de suspect, rien ne paraît mystérieux.
Un mur de lauriers roses plus haut et plus fourni que les autres massifs borde un champ. C'est là l'unique singularité. Des fleurs et rien que des fleurs ! Pour la seconde fois il repose la paire de jumelles et se traite de pauvre imbécile. Il s'écoule presque cinq minutes avant qu'il ne retrouve ses esprits.
L'acuité de cette découverte anodine, cette angoisse soudaine, inexplicable, sont autant d'éléments propres à le désorienter.
Renaud observe mieux cet étrange lieu et une chose enfin le frappe. Dans l'oasis tout est cultivé avec soin. Chaque parcelle

est irriguée méthodiquement. Au contraire, autour de ce vaste mur dont il ne distingue qu'une partie, l'autre étant cachée par les arbres, il n'y a rien. Ni culture, ni rigole. Mais à la place, un terrain tourmenté, abandonné par la sueur des paysannes. Il fouille intensément à la recherche d'un être vivant. En vain !
Ce périmètre semble désert. Pourtant l'oued coule au pied des palmiers. La terre est-elle malade ? Sceptique, il reporte son attention sur les lauriers.

Ils constituent à vrai dire un véritable obstacle. Y a-t-il caché derrière un autre mur mais de briques ou de terre celui-là ? Il a du mal à évaluer sa hauteur. Mais dans le reste de la vallée il n'y a rien de semblable. Rien d'aussi haut. Pour avoir atteint une telle taille, il lui vient à l'esprit l'idée d'un engrais spécial... Ou alors, s'agit-il d'une espèce différente ? Cependant une évidence s'impose. L'homme est l'architecte de cette œuvre florale trop uniforme.
Piqué toujours par cette curiosité dévorante, il fixe l'endroit en prenant quelques points de repères. Sur la gauche une bicoque blanche, juchée sur un petit promontoire. Sur la droite une ligne téléphonique qui pique à angle droit comme si cette zone faisait peur. Comme si elle lui était interdite...

Pourquoi a-t-il cette envie subite de s'y rendre ? Bouffonnerie ? Non ! C'est simplement la suite inévitable résultant de cet état de stupeur mentale dans lequel il est plongé depuis environ dix minutes. Il est conscient de sa soumission. Il sait qu'une raison importante l'oblige à y aller. Avec regret, il s'extirpe de son observatoire et entame la remontée vers l'hôtel. Sa première réaction est de prendre sa voiture pour ce déplacement fortuit. Y a-t-il seulement une piste ? Il se souvient de sa promesse de marcher. De rencontrer les gens qui vivent ici.
Il se retourne et vérifie la distance qui le sépare des lauriers. Ce décor ne lui est pas familier et il a quelques difficultés pour en évaluer la longueur. Difficile à estimer. Il hausse les épaules. Après tout, pourquoi pas ! pense-t-il. C'est sans doute moins loin qu'il ne l'imagine. Ici tout semble différent. Sorti de son

kilométrage quotidien, du temps chronométré entre les bouches de métro, entre les aéroports et les hôtels, il reste passablement désarmé devant ce petit détail technique d'explorateur.

Saisi d'un enthousiasme neuf, il s'élance donc d'un pas alerte le long d'un sentier qui descend vers l'oued Thodgha.
Il n'a pas l'habitude de l'effort physique. Ses deux pieds dont la besogne est d'appuyer sur les pédales de la voiture, de se ranger sous la table d'un restaurant, souffrent rapidement le martyre. Au terme d'une heure de marche la torture des ampoules qui gonflent et qui éclatent ridiculise sa démarche. Ses chaussures ont le cuir fragile du chevreau. Elles ne résistent pas aux petits cailloux traîtres, pointus, ainsi qu'à la poussière. Avec effroi il s'aperçoit qu'elles sont toutes éraflées. Il ressent un désespoir profond et citadin. Elles étaient neuves…

Un talweg embarrassé de broussailles épaisses et piquantes le stoppe. Les cactus et les bougainvilliers sont entremêlés comme pour faire corps et défendre le passage qui doit certainement demeurer inviolé. Le sentier contourne l'obstacle et, à première vue, il paraît rallonger pas mal. Apercevant une trouée dans ce fouillis inextricable qui barre son chemin, au détriment du bon sens, Renaud décide de couper court. Par deux fois il se tord la cheville et il a de la chance si elle ne cède pas. Elle n'est pas entraînée à ce genre d'exercice… Les talons de ses bottines ne sont pas conçus pour arpenter le bled. Mais plutôt pour faire le beau sur un trottoir parisien.

Quand il parvient de l'autre côté il est en nage. Son raccourci lui a fait perdre du temps. Et surtout, il a entamé son capital résistance. Il comprend la leçon mais encore une fois trop tard. L'homme vit ici depuis des siècles. Si le sentier fait une boucle ce n'est pas le fruit du hasard. Bien entendu, un bulldozer serait passé facilement. Il aurait tout nettoyé. Mais pourquoi un engin pareil se donnerait-il la peine de venir œuvrer dans ce lieu perdu ?

Toutefois, n'étant pas rancunier envers ce décor hostile, il se prend à souhaiter qu'aucun engin de la sorte ne vienne troubler la quiétude de cet endroit. Même si celui-ci revêt l'aspect d'un véritable enfer, soit par la chaleur accablante qui vous écrase, soit par la difficulté que l'on a pour s'y déplacer quand on n'est guère marcheur.

Renaud n'en peut plus et il se repose sous l'ombre légère d'un arbre squelettique. Il se déchausse et se frictionne les orteils.
Trois femmes approchent. Deux jeunes assorties d'une vieille. L'une transporte un panier. Il reconnaît des figues de barbarie mais il n'en est pas sûr. La plus petite mais aussi la plus jolie a les cheveux passés au henné. Les reflets rouges qui éclatent sous le soleil renforcent sa beauté qui dans cet environnement sera certainement trop vite fanée. Elle lui sourit furtivement et pudiquement détourne la tête. Les autres ont vu le manège et s'esclaffent bruyamment.
Alors que le trio s'éloigne sur le sentier la vieille femme fait demi-tour et vient se planter devant lui. Sa moustache frémit, un chapelet de mots s'échappe de sa bouche édentée. Injures ou amabilités ? Impossible à savoir ! Elle esquisse une grimace qui semble-t-il est un sourire . Le photographe remercie poliment. Il enfile ses chaussures et poursuit sa route

Le changement s'opère sans qu'il y prenne garde. Émergeant de cette obstination à vouloir à tout prix progresser, il s'aperçoit qu'il est maintenant seul. A une centaine de mètres de là une ligne téléphonique émet un sifflement curieux. Le vent s'amuse avec les fils. La végétation cache les lauriers mais il n'a pas besoin de les voir pour savoir qu'ils sont là.
Sans explication, son angoisse le reprend et cette fois ne le lâche plus.
Il essaye de se raisonner. Il n'y a rien à faire. Sa raison a peur. Son instinct par contre est attiré par l'inconnu. Il est le plus fort. Rare est de se trouver en dehors des sentiers battus, en bordure de l'aventure où souffle un vent de mystère. Une telle rencontre reste exceptionnelle pour le commun des mortels dont il fait

partie. Aujourd'hui, il a cette chance. Une occasion pareille ne se présentera pas deux fois. Il ne veut pas manquer ce rendez-vous par  couardise. Rassemblant son reste de courage, il se dit, manière d'abattre en flèches ses dernières hésitations, que ce n'est pas la peine d'avoir peiné sous cette chaleur pour ensuite se dégonfler piteusement.

A proximité un être difforme crève soudain l'espace. C'est une femme. Une autre... Mais si vieille celle-ci qu'il est impossible de lui fixer un âge. Renaud se croyait seul et cette apparition l'inquiète. Il n'est pas rassuré. Il est persuadé que quelques secondes auparavant, au même endroit, il n'y avait personne. Ou est-il à ce point distrait ?
Renaud la salue courtoisement souhaitant que cette sorcière ne lui jette pas un mauvais sort. La vieille femme s'est redressée sur son bâton qui lui tient lieu de canne et lui répond d'une voix caverneuse. Mais comment un parisien de son espèce pourrait-il comprendre le dialecte Tamazirt ou Tachelaeït ?
Alors, avec des signes maladroits, il lui indique la direction des lauriers. Elle agrippe vigoureusement son bras comme pour le retenir. Il comprend à son agitation qu'il ne doit pas s'y rendre. Ses yeux noirs, perdus dans ce visage ridé, craquelé par le labeur et le soleil du sud, le dévisagent intensément. La vieille femme émet des ondes chargées d'une superstition malsaine.

Renaud par quelques mimiques décontractées, pour lutter aussi contre ce malaise qu'il ressent, tente de lui faire comprendre qu'il trouve malgré tout l'endroit charmant. C'est peine perdue ! Elle s'accroche  davantage puis quand elle constate que rien ne fera changer d'avis cet idiot d'inconnu, pour se dégager de la responsabilité de l'avoir abandonné, elle se sauve.

Cette rencontre n'a rien d'encourageant. Était-ce un signe ? De toute manière il ne changera pas d'avis. Sa résolution est prise. Renaud est ferré par l'hameçon de la curiosité. C'est parfait ! pense-t-il. Il ne s'était pas trompé. Les familiers de la palmeraie éprouvent une répulsion envers ce lieu.

Il s'octroie un dernier geste avant de foncer pour se donner du courage. Retarder d'une seconde sa prise de décision. Ce geste c'est celui de regarder sa montre. Bizarrement les aiguilles se sont immobilisées sur le chiffre douze. Est-ce une coïncidence ? C'est difficilement plausible. Pourtant il s'y raccroche.

Le vent aussi s'est arrêté de gémir dans les fils du téléphone. Le temps guette l'instant où il va faire le premier pas en direction des lauriers roses.

Alors pourquoi tergiverser ? Renaud doit répondre à l'appel. Son cœur bat la chamade. Il progresse d'une démarche ferme et régulière. Le parfum suave des fleurs l'enveloppe et le grise. Son esprit est enveloppé et il n'en est pas surpris.

Cet obstacle infranchissable qu'il pensait être un mur construit contre lequel cette végétation se serait appuyée n'en est pas un. Un effet d'optique certainement… Cette barrière naturelle est à l'inverse une sorte de labyrinthe impénétrable. Planté devant ce dédale de fleurs roses, de couloirs et de tunnels odorants, il est résigné, à demi-conscient. Les bras ballants, il laisse aller son corps. Ses pieds ne perçoivent plus les commandements de son cerveau et le chemin lui reste étranger. Les lauriers l'entourent. C'est un enchevêtrement d'exotisme. Et suprême étrangeté, il n'est pas égaré. Il marche, il se faufile sous des branches, des broussailles et des ronces sur lesquelles il ne se pique pas. Les fleurs guident son chemin. Somnambule éveillé dans un rêve de plaisir, il marche…

Combien de temps progresse-t-il ainsi ?

Vingt minutes ? Deux heures ? Parfois des lueurs de lucidité lui reviennent. Des clichés où se détache la figure grimaçante et cirée du chaouch de l'hôtel. Son petit déjeuner était-il drogué ? Il ne l'a pas touché ou presque. Son estomac est vide.

Toute forêt, aussi merveilleuse soit-elle, possède toujours une limite.

Quand Renaud débouche à l'endroit même où il doit parvenir inexorablement son inconscient a déjà été prévenu. C'est une minuscule clairière nichée dans un fouillis d'amandiers et de rosiers. Le soleil est brûlant et tombe comme un lance-flammes barbare. La luminosité est insoutenable. Le centre est noyé dans un halo éblouissant, un nuage étincelant de lumière vive. C'est insupportable. Pour se protéger Renaud ferme les yeux. Petits battements de cils. Puis quand il les rouvre, il en reste pantois.

Une eau brillante prometteuse de fraîcheur. Un bassin de forme ronde de cinq à six mètres de diamètre. Le fond en céramique blanche, repousse les rayons avec autant d'éclat qu'une lame d'argent.
Renaud referme pour la seconde fois les yeux et il se les frotte énergiquement. Le regard brouillé, il se surprend à dire tout haut :
- Enfin te voilà !

Une apparition. Une seconde avant elle n'y était pas. Il en est absolument certain. Comme pour la vieille femme ! Pourtant, il la voit bien et en même temps il se répète que c'est impossible. Jusqu'alors il n'a jamais eu d'hallucinations. Il serre les poings si fort que les ongles écorchent la paume de ses mains. Non ! Il ne rêve donc pas. Elle est là... Nue, assise dans le bassin, le dos tourné. Il doit y avoir environ vingt, trente centimètres d'eau. Pour la troisième fois il se réfugie sous ses paupières et compte jusqu'à dix. Elle doit disparaître. C'est la méthode pour une telle chose. Passé ce laps de temps, doucement, il les relève. C'est inutile. La jeune femme est encore là. De lourds cheveux tombent sur ses épaules en boucles soyeuses. Ils sont aussi noirs que le fond de la piscine est blanc. Le contraste frappe d'une étrange beauté.

Écartant sa peur, sa timidité et même pourquoi pas le nier tous ses complexes, il s'approche. Le sol sablonneux étouffe le bruit de ses pas. Trois fois il s'arrête. Et par trois fois sa voix se casse au moment de parler.
Assise en tailleur, la tête dans les mains, le regard rivé sur le fond de l'eau, elle ressemble à une statue grecque. Sa courbe de

reins est parfaite d'immobilité. Renaud est hypnotisé et il ne parvient pas à détacher son regard de cette superbe créature.

Enfin, lorsqu'il ose se placer en face d'elle, il constate, qu'elle a les yeux clos. Position inhabituelle pour dormir ou méditer... Mais ici le normal n'est plus celui d'où il vient.

Embarrassé, il se dit que le mieux est de ne rien changer à la situation. Le plus discrètement possible, il s'assoit sur le rebord de la piscine et se perd dans la contemplation de la jeune fille. Elle est très belle. Sa peau est mâte et son corps menu paraît fragile. Il ne voit pas les seins mais il les devine orgueilleux et petits. En fait, c'est une adolescente et il ne lui donne pas plus de quinze ans.

- Pourquoi ne te déshabilles-tu pas ?

Sa voix est douce mais autoritaire. Les yeux ne se sont pas encore montrés. Son français est exotique. Il balbutie :
- Que ...Que dis-tu ?
- Déshabille-toi et viens te baigner. Ne sois pas bête... Vite ! Avant que je n'ouvre les yeux…

L'argument est de taille. Et il fait ce que jamais de sa vie il n'a fait. Il obtempère aussitôt. Seulement la honte le prend. Il n'a jamais été à l'aise dans sa nudité. L'éducation puritaine qu'il a reçue en est responsable. Quand il se retrouve en slip, il se sent grotesque. Debout, coincé sur ses jambes maigres il hésite à pénétrer dans l'eau.
- Tout nu ! rit-elle. Sinon je te regarde…

Elle a percé son point faible, son manque d'assurance et elle en profite. Elle n'a toujours pas bougé d'un pouce et le tableau qu'elle lui offre est impressionnant. Pourtant s'il fait abstraction de la manière dont il est arrivé dans ce lieu étrange ce n'est qu'une gamine espiègle qui joue à un jeu dangereux devant un homme qu'elle ne connaît pas.

Mais oublier par quelles circonstances il a abouti dans cet éden c'est aussi dur que d'ôter son slip trop large de vieux garçon.

De le sentir pendouiller le long de ses cuisses est un supplice. Devant tant de candeur, résigné, puisque là est son lot, et plein d'un courage nouveau surgissant de nulle part, il se déshabille complètement.

Nu, il l'est… Mais son attitude est loin d'être naturelle. Son comportement alors devient des plus lamentables. S'asseoir le plus vite possible devient son unique préoccupation. Incapable de réfléchir plus longtemps, dans sa précipitation, il rate son entrée dans le bassin dont le fond est plus glissant qu'il ne l'a prévu. Il s'étale de tout son ridicule dans un plouf fracassant.
- Que tu es bête ! Espèce de lourdaud…

A quatre pattes, de l'eau dans les yeux, toussant et crachant comme un noyé, il tente alors de se relever.
- Quelle tasse ! dit-il pour toute explication.

Le ton moqueur dont elle use ne lui plaît pas. Il ne sait quoi répondre. Le comique est inné, dit-on ? Et la façon dont elle rit le pousse à croire que pour cette rareté il est doué. Puis dans la seconde qui suit, il s'aperçoit qu'il est debout devant elle et que ses yeux sont noirs. Ouverts ! Écarquillés pour être précis.
- Qu'il est petit !

Il s'y attendait. Il se prépare à répliquer quand elle ajoute :
- Mais il est quand même mignon…

Il n'y a plus qu'une solution. Il y va de son honneur. Il éclate de rire. Cette fois-ci il parvient à s'asseoir avec un semblant de naturel.
Un silence. Un grand silence se coince entre eux. Exempt de gêne. Plutôt un répit apaisé. La parole s'est cassée le nez et ils se présentent sans elle. Mieux que leurs langues malhabiles leurs yeux semblent échanger des pensées profondes, secrètes. Leurs regards se lient et ils tentent dans un combat amical de capter, pêle-mêle, espérances, rêves et profondes tristesses. Mais la jeune fille ne peut se contenir davantage dans cette

attitude silencieuse. Sa parole caracole trop souvent au devant de sa pensée et elle se permet beaucoup d'initiatives.

Certaines sont parfois malheureuses.

- Tu es beau !

Il s'attendait à une attaque. Mais pas de ce genre. Il ne sait quoi répliquer. Ne pas répondre c'est aussi pousser les gens à se découvrir.

- Tu es beau ! se fâche-t-elle. Mais réponds imbécile !

Ses yeux étincellent. Sa bouche se plisse, elle se tord dans une grimace désespérée. Prêt à tout accepter mais aussi à tout faire, il ne dit toujours rien. Un autre silence… Et puis, tombent les larmes.

- Tu es beau ! s'acharne-t-elle… Tu es beau !

Deux, trois, quatre grosses larmes coulent le long de ses grands cils noirs.

Et merde ! se dit-il à la fin. Je ne suis pas beau. Trente ans que les miroirs me le susurrent. Et que les femmes font exprès de ne pas y prêter attention. Mais où veut-elle en venir ? Il répond quand même :

- Je ne le savais pas ! Seulement je pense que tu dis n'importe quoi et j'en ignore la raison. Et si tu es sincère je t'en remercie. Mais j'en doute. Par contre, moi je vais te dire la vérité. Enfin... Ma vérité. Tu es belle jeune fille. Tu es très belle et je ne veux pas que tu pleures.

Il ne sait plus ce qu'il dit. Sa conscience objecte que ce n'est pas ça qu'il doit répondre. Il continue. Il s'enferre.

- Je voudrais que tu ne sois pas un rêve.

Elle relève sa jolie frimousse et dans le creux des joues rosies la joie s'accroche dans un sourire timide. Les larmes tombent dans l'eau. Le sillage qu'elles ont dessiné sur la peau est presque sec.

- Prends ma main, dit-elle. Tu verras. Je ne suis pas une image.

La main est douce. Contrairement à tant de mains elle possède une vie particulière.

- Si tu n'es pas un songe, qui es-tu ?
- Ta femme... Idiot !

Évidemment...

L'absurde encore. Depuis la première minute de cette journée incroyable, il n'est qu'une locomotive à la recherche de ses rails. Nier serait un manque d'habileté. Dans sa position, il doit jouer avec les règles préétablies.

- Où ai-je la tête ? Bien sûr... Tu es ma petite femme. Après tout, pourquoi ne pas le dire. Tu es ma petite femme chérie...
- A la bonne heure ! Tu vois ce n'est pas difficile. J'ai cru que tu ne viendrais pas. J'étais même prête à annuler Les danseurs, les serviteurs et même l'Iman.
- Un prêtre ?
- Il ne voulait pas venir. Mais je lui ai envoyé un domestique. De la pointe de son poignard il l'a fait se dépêcher. S'il n'avait pas accepté, si ce vieux jnoun à la barbe mal taillée ne s'était pas présenté, j'aurais donné des instructions pour aller quérir un sorcier serviteur du diable ? Où est la différence ? Mais j'ai préféré l'Iman. Un sorcier tu n'aurais peut-être pas aimé...
- En effet ! Le mal est...
- Je suis heureuse que tu sois de mon avis

Il lâche sa main. Il a l'impression que pour elle il n'existe pas. Un prêtre ici... Pourquoi cette histoire de diable ? Il ne l'écoute plus. Renaud a décroché et il entend sa voix sans comprendre les paroles. Il n'ose pas lui demander qui sont ces danseurs. Et le sens de ce verbiage lui échappe. Elle raisonne comme s'ils étaient dans un palais. Il batifole en pleine loufoquerie.

Cet endroit est peut-être l'asile de la palmeraie. Un lieu où il est interdit d'approcher. Ce qui expliquerait l'état abandonné de la végétation. Cette gosse n'est qu'une petite dingue.

Elle ne doit pas être la seule à se promener dans les parages. Sûr ! C'est une petite foldingue. Ces propos sont complètement

incompréhensibles. Voilà l'explication ! Elle paraît folle mais cependant instruite puisqu'elle parle le français. Il n'y a rien d'extravagant dans ce qui lui arrive. Le hasard est responsable de cette rencontre. L'ambiance de l'hôtel, le dépaysement, la chaleur et la fatigue se sont unis pour déranger quelque peu son esprit. Une force invisible qui le poussait à marcher ? Quelle invention ! soupire-t-il d'aise. Cette petite travaille du chapeau. Les fantasmes de cette gamine sont si convaincants que je m'y suis laissé prendre.
- Pourquoi un Iman ?

Elle se lève et sa nudité parfaite le remue. C'est dur d'ignorer ce corps superbe et provocant. Il recule et la regarde en face. Sa gaieté a disparu. Une véritable perdue ! Je ris et je pleure... Je m'énerve et je gronde. Dieu qu'elle est belle ! Il n'y a que cela qu'il retient. En bon petit mâle...
- Aujourd'hui, souffle-t-elle, nous devons nous laver. Demain, nous mangerons. Et après-demain nous ferons l'amour du lever au coucher du soleil.

Un programme éblouissant. Un peu grandiose pour moi, pense-t-il. Mais étonnant. Renaud se perd dans les qualificatifs et il préfère s'en référer à son imagination. Trois jours. En fait c'est tout ce qu'il a retenu.
- Trois jours ! Tu veux que je reste avec toi durant trois jours entiers ? Mais ce n'est pas sérieux ? Ce n'est pas raisonnable.

La raison. C'est vrai bon dieu ! Il a oublié... Elle n'a que faire ici. Il reprend :
- Je dois rentrer à mon hôtel. Mes affaires m'y attendent. Mon appareil photographique, ma valise, la voiture de location que je dois ramener ensuite à Casablanca. Tu comprends ce que je dis ?

Ses grands yeux le fixent. Un lac immobile et profond...

- Tu es complètement fou ! répond-elle. Tu n'as pas honte de parler de cette façon le premier jour de notre mariage. Tu n'as pas honte ? J'aurais honte si j'étais à ta place…

C'est un comble. Le monde à l'envers. C'est elle qui le traite de cinglé. Et deux larmes perfides qui percent encore. Déboussolé encore une fois. La pitié ! La pitié est de la farandole.
Alors, il commet l'irréparable. Au lieu de se mettre en colère, de rentrer à l'hôtel, du bout de son index Renaud vole les deux larmes et il souffle dessus.
- Jusqu'à ce soir, c'est d'accord. Je reste…

La défaite est inattendue.
L'attendrissement l'a possédé. Toutefois, il se jure de s'esquiver en fin de journée. Elle ne répond rien et gracieusement sort du bassin. Une chanson sur les lèvres.
- As-tu faim ? lui demande-t-elle.
- Non ! Soif plutôt…
- Que veux-tu boires ?

Il ironise.
- Parfaite maîtresse de maison... n'est-ce pas ? As-tu un frigo sous une tente ? Caché non loin d'ici.
- Que veux-tu boire ? lui redemande-t-elle insensible à son humour.

Fanfaron il commande un whisky avec deux glaçons. En pays musulman cela l'étonnerait fort qu'on puisse le servir. Il est au cœur du Maroc. Elle lui tourne le dos et se remet à chantonner. A son tour il se lève et la rejoint sur le bord. Il a oublié de s'habiller.
La pudeur enfin terrassée.
- C'est une chanson ancienne et qui dure deux heures.
- C'est tout ? De quoi parle-t-elle ?
- D'une fille maudite.

*

Subitement un bruit de broussailles attire son attention. Il n'a pas le temps d'enfiler son pantalon. Un individu s'avance dans la clairière. C'est un homme aussi grand que lui. Vêtu d'une djellaba resplendissante, bleue, son visage arbore un tarbouch noir. Seuls les yeux sont visibles. Des yeux métalliques. Sur le plateau d'argent qu'il présente, il y a un objet qu'il a du mal à discerner. Il brille de mille éclats dorés sous l'effet du soleil. C'est un whisky avec deux glaçons. Il manque alors s'étouffer de saisissement.
- Bois donc puisque tu as soif !

Se pincer, se mordre ou même se taper contre un objet résistant serait autant d'actes inutiles. Cette jeune-fille n'est pas folle. Et si quelqu'un le devient, c'est peut-être lui. Uniquement lui ! Sa place n'est pas ici... Il avale d'un trait le contenu du verre et malgré l'alcool qui lui déchire les entrailles il s'attache à une seule et unique pensée. Surtout ne pas perdre les pédales. Alors il lui vient le besoin urgent d'une explication rationnelle.
Comment se fait-il que le souhait qu'il a lancé, sans y croire, en guise de plaisanterie, s'est réalisé ? Et d'une si étrange façon. La petite n'a donné aucun ordre. Elle n'a fait aucun signe. Ils étaient, de surcroît, absolument seuls au moment de cette passe d'armes verbale. Il en est certain. Deux hypothèses lui viennent l'esprit. Il doit s'en satisfaire. La première c'est que le serviteur se tenait caché quelque part. Dès qu'il a entendu sa demande, il s'est empressé de la satisfaire. Quant à la seconde, il ne trouve que la télépathie pour résoudre cette énigme de vélocité dans l'exécution. Mais non ! Il affabule, se dit-il. Pour ne pas penser davantage il interroge :
- Pourquoi se cache-t-il le visage ?
- L'habitude… La tradition… répond-elle.

Sur ces mots le serviteur dépose le plateau à ses pieds. Puis se redressant, il réajuste habilement le tarbouch. Les yeux ont viré au bleu. Renaud remarque alors l'imposant poignard glissé dans le ceinturon. Cet homme est un redoutable gardien. Un garde de corps plus qu'un simple valet. Avec ce gaillard dans les parages la jeune fille ne risque rien. Et Renaud se demande s'il avait été plus entreprenant ce qui se serait passé ?

- Va prévenir les autres ! commande-t-elle. Qu'ils préparent le hammam ! Nous irons vous rejoindre dans un moment.

- Les trois salles ? demande l'homme en français.

Elle lui coule un regard farceur.

- Oui ! Même la troisième…

Le serviteur fait demi-tour et s'éloigne aussi discrètement qu'il est venu. Il marche pieds nus. La végétation se referme sur lui. Renaud est songeur. Il regarde son verre. Il reste encore une goutte de whisky. Au point où il en est ! Il la fait couler le long du verre. La petite brûlure sur sa langue lui démontre qu'il ne rêve pas. Pour la seconde fois il demande :

- Qui es-tu ?

- Moi ?

- Oui ! Toi ! Je ne vois pas qui d'autre…

Elle fait les yeux ronds, se retourne et semble chercher dans les broussailles une réponse qui tarde à venir. Perplexe Renaud observe son petit manège. Il se gratte la joue droite. Il vient de se rendre compte qu'il ne s'est pas rasé dans sa précipitation matinale. Devant le silence gêné de la jeune inconnue, pour la première fois déstabilisée, il réitère sa question.

- Qui es-tu ? Tu pourrais répondre ?

La patience est une vertu capricieuse. Il n'est pas facile d'en avoir à chaque instant.

- Tu me le dis, petite sotte ! Moi c'est Renaud ! Et toi ?

- Je ne sais pas ! Je ne sais plus…

Et la belle éclate de rire. Elle se fiche de lui. Il la saisit par les mains, ses petites mains, et il la secoue comme un prunier. Ce n'est pas de la violence. Mais plutôt comme un commencement de crainte…

- Mais comment dois-je t'appeler ? Tu as bien un prénom ?

- Tu n'as qu'à m'en donner un ! Puisque tu as l'air de trouver ça important. Après tout, je suis ta femme... Madame Damier n'est-ce pas ?

Comment cette petite garce sait-elle son nom ? Avec une vitesse supersonique la question tourne cent fois dans sa tête comme la moto infernale lâchée dans le cercle de la mort. Il en a presque mal et encore une fois Renaud renonce à penser. Il lui jette à la figure comme une vengeance :
- Surprise ! Ce sera ton prénom de remplacement. Surprise ! Cela te plaît-il au moins ?
- C'est charmant, approuve-t-elle, en applaudissant. Surprise Damier. Je suis Surprise... joue-t-elle avec le mot. Je suis Surprise...
- Tu parles d'une surprise ! ajoute-t-il conscient du prénom idiot dont il vient de l'affubler.

 Puis elle le pousse sans prévenir dans l'eau. Elle a profité de ce qu'il lui tournait le dos pour accomplir ce geste bizarre. En traître. Cela devait être comique. Ce fut tragique.

*

Cet épisode coquasse, dramatique, lui démontre encore une fois l'absurdité de vouloir comprendre les événement dont il est le jouet. Le bassin à changé. Non pas dans sa forme ni dans sa superficie mais dans sa profondeur. Les quarante centimètres d'eau ont été remplacés par plusieurs mètres. Et il ne sait pas nager.
C'est elle qui le tire de ce trou au prix d'un effort particulier. Heureusement elle se débrouille dans l'eau. Pour une fille du désert c'est surprenant. Remis de ses émotions, Renaud s'est assis sur le rebord. Surprise, puisque c' est son prénom jusqu'à nouvel ordre, est toute pâle. Elle a eu peur. Une peur énorme à en juger par son air. Sa gaieté et son insouciance ont disparu.
S'il avait bu la grande tasse, aucun miracle ne se serait produit. Si elle ne s'était pas bravement jetée à son secours au risque de

se perdre elle-même, il se serait noyé. La mort existe donc aussi dans ce monde étrange. Surprise ne dirige rien. Elle ne possède aucun pouvoir. Elle n'a rien d'une fée ou de quelque chose d'approchant. Solution qu'il avait acceptée par facilité. Faute de mieux.

Ce monde curieux la retient prisonnière. Elle est étrangère à ce qui se trame. Pourtant la scène du whisky… Mais non ! C'est bien lui qui a commandé ce breuvage. Elle lui a juste demandé s'il avait soif. Un autre les écoutait donc. Le serviteur à ne pas en douter. Il ne sait pas quoi penser. Comment a-t-elle atterri dans cet endroit ? Chacun semble pénétrer dans ce monde par une porte différente. La sienne est une paire de jumelles.

Le hammam après cette partie tragique est un délice. Construit dans une grotte au cœur de l'épaisse végétation, il est alimenté par une vapeur provenant des profondeurs du sol. Il chauffe trois pièces différentes. On entre par la moins chaude pour finir dans la troisième, difficilement supportable pour un européen. Surprise tient à ce que Renaud s'y rende et qu'il y reste autant de temps que la tradition l'exige. Supplice durant lequel il croit mourir cent fois. Il est comme un poulet dans le four familial.
Surprise, par contre, est très à l'aise et ne cesse de parler en un gazouillis intarissable. Des femmes sont là pour les laver, les servir humblement. Elles ne répondent à aucune question, se contentant de hocher la tête de temps à autre. Il en prend son parti et reste cependant préoccupé par ce qui lui arrive.
Elles s'emparent de son dos et de la plus vigoureuse des façons, elles le brossent avec une grande pierre ponce comme s'il ne s'était jamais lavé de sa vie. Le corps entier bénéficie du même traitement. Puis, quand il est enfin rincé, parfumé, avec la peau lisse comme du satin, toujours dans la tenue d'Eve et d'Adam, ils sont invités à rejoindre la clairière. Renaud en a assez de se balader à poil et réclame ses vêtements. On les lui rapporte et il s'habille soulagé. Surprise a enfilé une longue robe rouge et soyeuse. Complètement transparente...

La nuit est tombée… Le temps ici n'est pas le même. Renaud regarde les aiguilles de sa montre qui n'ont pas redémarré et il hausse les épaules. Le bassin à disparu. A la place une tente immense a été dressée. Les tapis sont épais comme un gazon délaissé. Les coussins sont finement décorés avec du fil d'or et d'argent. Un serviteur masqué leur sert du thé et lui tend avec insistance une longue pipe sculptée dans un bois jaune. Un bois exotique et qui sent bizarrement. Renaud a reconnu les yeux du serviteur. A contre-cœur il accepte.

C'est une espèce de pipe pour le kif. Finement sculptée, son bec est en pierre de Tarroudant. Mais ce qu'il fume est différent. Le thé est sucré. Inconnu du répertoire. Ce dont il est certain c'est qu'il y a de la menthe. N'importe quel touriste l'aurait affirmé. Mais il y a aussi un autre parfum.

*

Le rêve fut inoubliable. Mais au petit matin il l'a déjà oublié… Elle avait prédit : « Le deuxième jour nous mangerons…» Effectivement, quand il émerge de ses profondeurs nocturnes, il découvre un décor particulier. Un amoncellement de victuailles dans des plats travaillés comme des broderies. Ils débordent de fruits charnus inconnus. Leurs couleurs sont flamboyantes et ils embaument l'espace de leurs effluves sucrés.

Sur une table en bois d'oranger montée sur des pieds entrelacés, un plateau en terre rouge incrusté d'améthystes regorge d'une semoule dorée. Sur un autre, tout aussi beau, une pyramide de légumes bouillis fume encore. A l'extérieur de la tente plusieurs serviteurs s'affairent autour d'un agneau qui termine sa courte existence sur la broche. Un fourneau en cuivre ciselé de signes inconnus étincelle tant il a été astiqué. Il conserve l'eau à la bonne température pour le thé. Étalé ainsi autour d'eux il y a de quoi nourrir la Mehalla d'un Sultan. Ils ne sont pourtant que deux, songe-t-il. Mais peut-être y a-t-il des invités de dernières heures ? Pourquoi pas !

Surprise dort toujours. La figure reposée. Depuis combien de temps vit-elle recluse dans ce monde végétal et magique ? Il ne se décide pas à la réveiller. L'incident de la veille l'a rendu méfiant. Il préfère ne plus prendre d'initiative.

Il contemple avec admiration ce corps juvénile et abandonné. Jolie n'est pas le mot. Belle non plus. Un mot qui se situerait ailleurs. Un mot qu'il ne sait pas définir. Ce sommeil profond la livre à sa gourmandise visuelle. S'il avait gardé son appareil il l'aurait prise en photo.

Soudain la jeune fille a bougé. Féline, elle s'étire et ses deux mains griffent les coussins brodés. Son dos se tend jusqu'aux limites extrêmes des muscles. Cambrure parfaite elle ressemble à la gentille Alice au Pays des Merveilles. Mais une Alice d'une autre époque, plus moderne, surtout complètement folle. Une Alice nue…

Renaud tente de se lever mais le cerbère qui veille, toujours le même, lui ordonne de rester allongé. Sa voix est grave. Le ton c'est celui du commandement habitué à une obéissance sans réplique. Un soldat plus qu'un domestique. Il possède un regard qui ne trahit aucun sentiment. Mécanique de violence. Chien de troupeau il est parfaitement dressé. Est-ce son éternel poignard ou son aspect tout entier qui l'intimide ? Il reste donc aux côtés de Surprise sans plus oser bouger. Même pas le petit doigt. Il est dans de beaux draps. Sa lucidité est revenue, et il ne sait que faire pour se sortir de ce nouveau piège.

Surprise est maintenant complètement réveillée.

Elle devine aussitôt son envie de s'esquiver. Afin qu'il oublie cette velléité, dans une tentative osée, elle se relève et se love langoureusement contre son corps. Il résiste cependant à cette attaque inattendue Mais c'est dur. Très dur…

Pourquoi ce refus ? Jeune et ardent comme les hommes de son âge, malgré ses piètres succès, il se targue d'être aussi amateur de jolies filles. Il n'a pas la manière. Celle des noctambules, des charmeurs, des séducteurs. L'opportunité de posséder une fille si facilement le désarçonne. Les occasions en ce qui le concerne sont rares. Seulement voilà ! Renaud fait partie d'une race qui disparaît, celle des romantiques. L'insistance de la jeune femme à vouloir faire l'amour contribue encore plus à le rendre mal à l'aise. Il ne comprend pas cet élan aveugle. Cette manière idiote de vouloir s'imposer en épouse. Il est bloqué sur la question irrémédiablement.

Malgré cette parodie nuptiale il ne se sent nullement lié à cette créature. Il est impossible de quitter la tente. Et s'il ne reste que la nourriture pour seul refuge, pourquoi s'en priver ! D'autant qu'il n'a rien avalé le jour précédent. Un féroce appétit inonde sa bouche. Puisque ce deuxième jour doit être consacré à la nourriture, le prétexte vient à propos. Il demande à Surprise de cesser ce jeu cruel.

Le sourire aux lèvres, après quelques hésitations mais bonne perdante, elle finit par l'imiter et s'installe à ses côtés. Renaud se jette sur la nourriture comme sur une bouée de sauvetage. Il se gave. Toutefois, il garde un œil sur elle. De crainte qu'elle ne recommence ses manigances de séductrice.

La journée tranquillement les enveloppe d'une douce quiétude. Il fait très chaud et les gestes sont paresseux. Entre les plats, les coupes de fruits, les boissons, les gâteaux aux amandes, des musiciens, des danseuses, des équilibristes et des montreurs de scorpions, rivalisent d'adresse pour les distraire. Ils sont lotis pareil à des princes…

Le soleil frôle la crête des montagnes. Les artistes sont partis. Il ne reste que le fidèle serviteur campé devant eux. Sous le secret de son tarbouch, de son visage buriné, campé majestueusement sur ses jambes écartées, les mains sur les hanches, il darde un regard étincellent sur le couple indolent qui digère avec une certaine difficulté. Puis, dans un geste théâtral, sans dire mot, il remonte la manche de sa djellaba grise et se transperce l'avant-bras avec la pointe acérée de son poignard qu'il a sorti de son étui d'argent. Renaud est affolé. Carrément peur. Le sang coule. Il est noir. A sa vue, il le supplie d'arrêter ça et secoue Surprise pour qu'elle fasse cesser ce spectacle horrible. Mais elle rit aux larmes et lui répond que c'est un sorcier et qu'il est capable de bien pire. Au final, après avoir rangé lentement son arme dans son étui, il extirpe une hache et se tranche un poignet d'un coup sec. Puis stoïque, il disparaît en tenant la main sanguinolente dans celle valide. Le sang, sur ses pas, gicle et se mélange au sable jaune. L'homme se perd dans les broussailles.

Suggestion hypnotique ou bien est-ce la réalité ? Est-il possible d'acheter ainsi une main ? L'argent peut-il commander à une hache ? Mais Renaud n'en en cure. Il est dans un coin et vomit tout ce qu'il a ingurgité depuis des heures sur un magnifique tapis persan.

Il est anéanti. Vautré sur les coussins, il essaye de récupérer. Surprise s'est éloignée. Des danseuses font diversion. C'est une guedra, une danse berbère qui se pratique à genoux. Ce folklore traditionnel le rassure légèrement. Ces gens qui défilent devant lui, sont-ils des fantômes ? Les morts s'enivrent-ils des même danses que les vivants ? Il se pose une question. N'est-il pas en train de vivre, si tel est le mot, le début de sa propre mort ? Celle-ci ne l'aurait-elle pas fauché sur le sentier de l'oasis ? Fait-il encore partie de ce monde ? S'il était passé de l'autre côté ces prodiges s'expliqueraient donc…

Enfin, quand le soleil boursouflé d'un sommeil rouge, fatigué de sa dure journée se couche derrière le paravent de verdure, le thé devient plus âpre et le tabac avec lequel Renaud bourre sa pipe semble plus clair.

Il va revivre une nuit identique à la précédente. Il le sait. Mais cette fois-ci, juste avant de s'écrouler dans le néant merveilleux de ses fantasmes, il réalise que l'irréel n'est pas le responsable de l'étrangeté de ses nuits. C'est la drogue… Son inconscient l'attaque, le pique, le secoue, lui mène une guerre d'enfer pour le prévenir. Renaud se souvient. Un souvenir d'enfance qui vient se coller à propos dans cet épisode nocturne. La chaude voix de Mademoiselle Charlotte son institutrice. Des paroles sonnettes d'alarmes sur ce poison pire que l'alcool. Le chemin sur lequel tu vas t'engager te conduira droit à ta perte ! dit-t-elle

à travers une moustache brune et irréductible, plantée de poils récalcitrants sur une menton en galoche.
Le troisième jour nous ferons l'amour.

\*

Surprise n'est pas là. Renaud est affublé d'un pyjama en satin bleu, et fait curieux, il est rasé de frais. Son corps exhale encore les parfums pesants dont on l'a enduit le jour du hammam. Les mets fantastiques ont été emportés. Tout le décor a changé. Des galettes ont été oubliées dans un coin Par contre, le thé, les boissons et les fruits ont été renouvelés en abondance. Mais il n'a plus faim. Son ventre est tendu. C'est une petite nature. Il mange peu d'ordinaire. L'excès de nourriture le dérange. Seule sa gorge réclame à boire. Elle est sèche. Il soupçonne bien sûr que ce n'est pas encore la marque du hasard.

Sa séquestration est un modèle du genre. Cette soif soudaine dès son réveil est certainement voulue. Déjà le garde-chiourme se présente, par un fait exprès, avec un jus d'orange posé sur un plateau minuscule. Renaud se souvient alors brusquement de son éclair de la veille. Feu rouge ! Alerte ! Attention ! Stop !
Il a l'habileté de ne pas refuser le verre tendu et de le tenir à la main sans le porter à sa bouche. Il attend une opportunité pour tromper la surveillance du domestique. C'est Surprise qui lui en offre l'occasion. Son entrée est remarquable.

On était venu la chercher pour la préparer, pour la parer afin d'être sacrifiée sur l'hôtel du plaisir. Les voiles transparents qui la couvrent, les bracelets qui la cerclent, le maquillage qui la transforme, le parfum qui l'entoure détournent deux secondes l'œil fixateur du gardien. Renaud en profite aussitôt pour jeter précipitamment le contenu de son verre derrière lui. L'énorme tapis aspire le liquide d'une seule gorgée sans autre formalité. Son épaisseur est telle que la tâche réduite à un minimum passe inaperçu.

Ce n'est plus la même Surprise qui approche à pas lents. Dans son emballage qui se veut érotique elle a vieilli de dix ans. Elle n'est plus la jeune fille fraîche et Renaud un instant oublie ses scrupules. Elle le rejoint et se blottit contre lui.

Comment vaincre ce désir inattendu et sournois qui s'insinue ? La flèche empoisonnée d'un Cupidon adulte et pornographe vient de l'atteindre. Les avances que la nouvelle Surprise lui prodigue n'ont plus rien à voir avec celles des jours précédents.

Les danses reprennent et Renaud croit un instant qu'il se trouve devant la scène d'un cabaret parisien. Cabaret à la pointe de ce qui se montre. Certains auraient donné une petite fortune à ces danseurs et danseuses qui évoluent devant eux. Le garde, fidèle aux ordres reçus, et constatant que son verre est déjà vide, lui en ressert illico un second.

La jeune femme abuse de ses charmes. Elle l'invite à profiter du spectacle affriolant. Sa main avec impudeur se fraye un chemin entre ses cuisses. Renaud la repousse maladroitement et il s'en sort comme il peut.

Le domestique, toujours lui, trompé une deuxième fois par l'artifice du tapis, lui tend un fruit dans lequel il mord aussitôt à pleines dents. Renaud joue la comédie de la mastication, de la déglutition. Ensuite, facilement, toujours grâce au spectacle qui est d'une aide précieuse, il glisse le morceau sous un pouf et recommence de surcroît plusieurs fois l'opération. Finalement le gardien abandonne sa surveillance et avec la satisfaction du devoir accompli, il reporte son attention sur les couples qui se tortillent.

Surprise a bu et mangé sans hésitation. A la contempler ainsi, il est évident qu'elle se régale. Les tambours accentuent l'ivresse de la danse. Les yeux de la jeune femme ont des éclats d'une brillance canaille. Les aphrodisiaques agissent d'une manière efficace. Ses mains sont douces et chaudes. Elles voltigent dans ses intimités. Elle a réussi à lui ôter la veste du pyjama dont on l'avait affublé la veille. Le pauvre mec se débat dans un effort désordonné pour endiguer cette valse de doigts affolés. Plus le temps passe, moins il est sûr de sa réaction d'homme.

Il a eu l'intelligence de se soustraire au piège des boissons et des fruits. Il doit suivre cette dynamique et improviser un plan. S'il persiste dans son attitude, s'il refuse de faire l'amour, la supercherie sera découverte. Difficile de prévoir alors ce qui se passera.

A l'opposé, la soudaineté d'une action risque de jouer en sa faveur. Les conséquences de l'acte rebelle qu'il trame le font hésiter. Mais cette défaillance, vite enfermé dans le débarras de sa cervelle, est de courte durée.

Subitement Renaud se lève comme mû par un ressort. Dans son élan, il bouscule Surprise qui s'étale lourdement sur le tapis et qui déséquilibre au passage un plateau de fruits. Profitant de l'avantage, il se rue la tête la première dans le ventre du garde qui à son tour s'effondre. Lui par contre a moins de chance car c'est le fourneau qui l'accueille. Profitant de ce répit, suivant la formule consacrée, Renaud alors prend ses jambes à son cou. Direction la forêt. Retour à la maison.

*

La peur, le besoin viscéral de la fuite transcende toujours les performances physiques. La peur parfois améliore aussi le sens de l'orientation, décuple la volonté. Ceci à condition d'être en deçà des limites de la panique. En trois temps, trois enjambées, il traverse la barrière des lauriers. Ravi de se retrouver hors de ce lieu démoniaque, hagard, la peau écorchée par les branches et les ronces, le cœur emballé comme une chaudière en plein hiver, les pieds taillés par les cailloux, il prend conscience du ridicule de sa situation. Il est revenu dans un monde où les gens ont l'habitude de se vêtir. Et lui n'a plus que le pantalon de son pyjama à moitié déchiré. Malgré cela, le soulagement qu'il éprouve est énorme.

La palmeraie de Tineghir n'a pas bougé. Les formes familières des femmes courbées sur la luzerne qui ne se soucient que du travail à faire sont les mêmes qu'auparavant. Les montagnes pelées des alentours ne sont pas non plus recouvertes par une végétation anachronique. Le soleil tape toujours aussi fort, les mouches bourdonnent autour de son visage et les écureuils qui fourmillent dans les arbres sont tout aussi craintifs. Tout paraît normal.

Derrière le bruissement du feuillage, du chant mélancolique d'une travailleuse, derrière le cliquetis d'un outil, le braiment d'un âne et derrière le glouglou d'une seguia, le ronflement lointain d'une automobile qui se traîne, qui hoquette sur une route lui parvient alors faiblement. Une route...
C'est un rappel à la réalité. Il en possède une qui stationne sur le parking de l'hôtel. De son hôtel ! Il regarde sa montre et il constate avec effarement que les aiguilles trottent vaillamment. Le calendrier indique le chiffre vingt-cinq. Il a passé deux nuits dehors. Le directeur de l'établissement doit être furieux car il n'a réservé que pour une journée.
Mais les tracasseries qui l'attendent ne peuvent casser sa joie. Pour l'instant il savoure son évasion réussie. Dans sa tenue de naturiste fantaisiste courant parmi les champs son goût n'en est que meilleur.
Une nécessité s'impose : trouver des vêtements, aller au devant d'un paysan, lui réclamer de l'aide. Il reprend sa course à petites foulées. Une, deux ! Une, deux ! Et il se remémore aux confins de l'asphyxie, grimaçant sous la douleur aiguë d'un point de côté, son temps au lycée quand il peinait comme un brave derrière le professeur de gym féru de cross-country et grand admirateur des mollets d'acier.

Le clapotis d'un bassin qui se remplit, le cri d'un gosse qui s'amuse d'éclaboussures et il se dit : « Enfin voilà de l'aide ! ».
L'enfant heureusement ne ressemble en rien aux autres. La crainte reviendrait-elle ? Non ! Il n'est poursuivi que par son imagination. Ils sont tous restés derrière le mur de lauriers.
Sa nudité amuse beaucoup le petit. Comme c'est toujours le cas, d'autres arrivent de nulle part. Pour eux, nul doute, il est évident

qu'il a été la malheureuse victime d'un voleur sans scrupule. Après tout, cela aurait très bien pu lui arriver. En cette partie du globe, même les chemises et les pantalons en promo d'un grand magasin possèdent de la valeur. Alors, il propose un marché. Sa montre contre une tenue complète avec une paire de babouches. Il est superflu de réclamer de véritables chaussures...

Un instant plus tard le grappillon d'enfants lui rapporte une djellaba poussiéreuse, trop longue et trop large, trouée, mais qu'importe ! Il laisse tout ce joyeux monde autour de sa montre déposée comme un oratoire sur un gros caillou plat. Un trésor pareil, un instant pareil ne se gâche pas. Ici le temps n'existe plus. C'est peut-être pour cette raison que la montre revêt autant de valeur. Maintenant Renaud contourne le talweg où il a tant peiné et s'étonne de pouvoir se déplacer d'un pas si léger. Cette aventure, semble-t-il, l'a transformé.
Son accoutrement influerait-il sur son comportement ?
A mi-chemin, il croise un groupe de femmes. Malgré son piètre déguisement elles le reconnaissent. Un étranger restera toujours un étranger. Quelques pas de plus et c'est un honorable vieillard qui le salue. La prestance de son port lui rappelle l'existence du fameux prêtre dont Surprise avait parlé. Sa disparition soudaine a tout gâché. Il l'a échappé belle !

*

Son arrivée à l'hôtel fait sensation. Le chaouch qui somnolait sur une chaise devant l'entrée, le transistor à ses pieds, devient hilare en le reconnaissant. S'extirpant avec peine de son poste d'observation il lui annonce :
- Enfin tu arrives Monsieur ! Le patron n'est pas content...

Accueil exempt de chaleur. C'est fou comme ils sont inquiets à son sujet. Ils seraient même plutôt soupçonneux. Pourtant, filer à l'anglaise, ce n'est pas son style et cela lui déplaît fortement que l'on puisse penser une telle chose. Courroucé au plus haut point, il abandonne le planton sur le perron et se propulse vers la réception. Bien entendu le préposé est ailleurs. Cet hôtel n'a pas changé.

Résolu à écarter rapidement la défiance à son égard, il cherche le bureau de la direction. Non sans mal, il le déniche derrière les cuisines. Il entre sans frapper. Un homme d'un certain âge qu'il n'a jamais remarqué, cravaté malgré la chaleur, distinction de son pouvoir, un Fès rouge sur la tête, lui demande en arabe, d'un ton sec, ce qu'il désire. C'est bien le seul qui le prend pour un compatriote, pense Renaud. Mais l'explication est simple. Sur le bureau à côté d'une règle et d'un stylo à bille, une paire de lunettes atteste de la myopie évidente du directeur. Renaud ne lui laisse pas le temps de dire autre chose.

- Vous êtes bien le directeur de l'hôtel ?
- Oui ! Que voulez-vous ?
- Je suis Renaud Damier ! Et je constate que ma disparition ne vous a pas inquiété outre mesure... Vous n'avez pas prévenu la police ?

Les lunettes sont maintenant à leur place sur le nez.
- Oui ! Justement...

Renaud l'interrompt au milieu de sa phrase.
- J'ai été séquestré dans votre fichu bled ! Avec les dingues. Heureusement j'ai réussi à m'échapper !

L'homme le fixe avec des yeux ronds. Ils parlent l'un et l'autre. Croisent le fer avec des affirmations. Ils s'énervent très vite. Le directeur calé pompeusement dans son fauteuil. Renaud debout, les deux mains posées à plat sur les papiers qui couvrent le bureau. Au fil de cette bataille, de ces salves de mots canonnés, le sourire revient imperceptiblement sur les lèvres du directeur. Ce client bruyant n'est pas un mauvais payeur. Un excentrique tout au plus... Ses affaires sont restées dans la chambre... Sa voiture sur le parking. Il désire maintenant régler sa note. Il n'y a donc pas lieu de s'inquiéter davantage.

Renaud monte à l'étage précédé du chaouch. Dans sa chambre, assis sur le lit, il attend que ce dernier s'en aille. Un long soupir de soulagement s'étire du fond de ses poumons. Tout s'arrange. Dans un quart d'heure il sera sur la route.

Pourtant, un doute subsiste encore. Tout n'est pas si limpide. D'après les dires de l'hôtelier, il n'existe pas de maison de fous à Tineghir. Hormis quelques pauvres demeurés mentaux qui se traînent au sein de la communauté paysanne où personne n'est rejeté, il n'y a personne qui réponde au signalement de Surprise et de son gardien. Sans parler des danseuses… A l'extrémité de l'oasis il n'y a rien d'autre qu'une simple ruine. Qu'une ancienne baraque abandonnée... Et des lauriers roses... Le directeur est formel. Qu'une ruine ! Encore moins de piscine...

En fait d'égaré mental c'est lui que l'on regarde en biais. Mais il n'en a que faire. Dans une heure, il sera loin.

Il pousse la porte de sa chambre. L'ordre et la propreté… Les appareils photographiques sont à leur place. Son argent est dans son portefeuille. Son passeport dans la valise. La valise dans l'armoire. Seuls les vêtements qu'il portait lors de son escapade manquent à l'appel. Il enlève ses oripeaux et s'écroule sur le lit. Il est épuisé. Bien plus nerveusement que physiquement.

Il apprécie la bonne odeur des draps propres qui sentent la simple lessive. Sans parfums exotiques… Puis il est assailli par un besoin de dormir. La tension libérée, la chaleur inflexible en sont la cause. Allongé sur le dos, le regard noyé dans le plafond lézardé :

- Tiens ! s'exclame-t-il. Une araignée… Une énorme araignée noire, velue, avec des pattes démesurément fines et malhabiles. Une araignée conquérante qui descend en rappel le long de son fil. Et puis zut ! se dit-il. Elle a le droit de vivre. Il est crevé. Il se tourne sur le côté et il sombre.

Le réveil sonne et le projette K.O. Assis sur le lit. Pourquoi si tôt ? Mais non ! C'est le téléphone. Ce n'est pas le matin. Le rouge du ciel c'est celui du crépuscule. Il décroche et le « oui » se perd dans un bâillement sonore. Une jeune fille ? Comment ? Où cela ? Dans le vestibule… Si elle peut monter ?

Soudainement avec une accumulation de détails, il se remémore son aventure rocambolesque. Il répond aussitôt par un « non » qui reste inaudible. Le cauchemar n'est donc pas fini. Le regard rivé sur la poignée de la porte il se débarrasse du téléphone sur le lit. Renaud n'entend plus rien. S'enfuir par la fenêtre serait dérisoire, pense-t-il avec logique. La chambre est au troisième étage. C'est certainement la bonne hauteur pour un cascadeur. Mais pas pour lui.

*

Surprise est derrière la porte. Sur le palier.
La poignée prend des proportions démesurées. Elle est énorme, gigantesque, brille de mille feux et déroule dans la chambre un ruban de peur qui s'enroule insidieusement autour du lit et qui le paralyse. Dans une seconde cette monstruosité d'aluminium tournera. Surprise est derrière. Il le sait.
Cette fille est inimaginable.
Qu'attend-elle ? Son cerveau communique avec le sien. Mais dans un sens uniquement. Elle lit ses pensées et bouleverse son équilibre cardiaque. Son jeu est vicieux mais c'est le sien. Son seul échappatoire à l'évidence est dans la résistance. L'affronter peut faire avorter ses plans. Il ne supporte plus d'être la proie de cette mante religieuse. Se porter au devant d'elle. Lui ouvrir la porte. Lui rire au nez.

Il croyait se brûler mais la poignée est froide. Voire glacée. Elle tourne parfaitement. Les gonds sont huilés. Et la porte tourne sans un grincement.
Le sourire est exquis, le maquillage est léger, et la jolie robe est européenne, sans dorure, ni trop courte, ni trop longue. Dans ses bras elle tient un paquet de vêtements propres et parfumés. Les siens.
- Tu les avais oubliés mon chéri !

La bouche du garçon se crispe. La phrase brutale qu'il désirait autoritaire meurt avant même de naître. Subjugué, il s'efface pour qu'elle puisse entrer. Au passage, désinvolte, elle fourre son chargement dans ses bras pour s'en débarrasser. Elle se plante au milieu de la pièce, pivote sur elle-même doucement pour en voir chaque détail. Puis satisfaite de son inspection, elle s'assoit sur le lit.

Il n'a pas bougé d'un pouce. D'un coup de pied qui se veut décontracté, Renaud referme la porte et pose le sac sur un coin de table. Installée sur le rebord du lit, les jambes croisées dans le but sournois qu'il les remarque, le pli de la joue vainqueur, elle épie visiblement sa réaction. Buté, barricadé derrière son mutisme, il ouvre sa valise et entasse avec des imprécisions de geste tout ce qui tombe sous sa main.

- Va-t-en ! Je ne sais pas d'où tu viens et je ne veux pas le savoir. Là-bas, je n'étais pas moi-même. J'ai été drogué et vous en avez profité. Mais ici, ce n'est plus le cas. Je suis redevenu normal. Je vois clair.

- J'arrive et tu me dis va-t'en... Bravo !

Sa colère est sincère. Renaud a la langue qui s'entrelace et il ne sait que répondre. Le contenu d'une boite éventrée de Coca-Cola lui redonne une certaine humidité dans la bouche malgré le goût fétide. Il parvient à dire :

- Surprise ! Comment es-tu ici ? Comment as-tu fait pour me retrouver ? Et cette façon de t'habiller ? De te coiffer ? Tu as coupé tes cheveux… Pourquoi ?

- Bougre d'idiot !

Toujours ce langage aussi vert. Ce français si français…

- Si je suis ici, poursuit-elle, c'est parce que je suis ta femme... Une femme doit suivre son mari. Et puisque cette tenue ne te plaît pas…

Elle jette son sac à main sur le lit et le temps que le garçon comprenne, elle retire sa robe rouge à pois blancs. Presque nue, avec une culotte assortie aux chaussures, elle s'agenouille sur la chaise et le défie du regard.

- Maintenant tu préfères ?

Il souffle et râle. Il récupère la robe et la lui renvoie à la figure. Il est excédé. Se frottant le visage, les doigts bien profond dans les yeux, il répond :
- Habille-toi idiote !

En même temps, il ne peut qu'admirer cette garce d'allumeuse. Comment ne pas aimer la beauté ? Elle tente de le convaincre, de se détendre et d'accepter. Mais son essai de persuasion reste sans effet. Découragée, à regret, Surprise enfile sa robe et prend place sagement sur la chaise. Il n'y a plus qu'à attendre la suite des événements. Elle a l'éternité de la jeunesse devant elle.
Lui, paré à toute éventualité, se réfugie près de la fenêtre, il se retourne et l'observe. C'est comme un jeu. C'est elle qui attaque la première. C'est quasiment un duel.
- Quelle heure est-il ? demande-t-elle.

Renaud jette un œil rapide à son poignet. Soudain il se souvient qu'il l'a échangée contre une djellaba.
- Je ne sais pas. Je n'ai plus de montre.

Surprise hausse les épaules. Elle ouvre son sac à main et guette sa réaction. La montre qu'elle extirpe c'est la sienne. Il réussit au prix d'un effort surhumain à contenir sa stupéfaction. C'est difficile mais il y parvient. Il ne lui donnera pas cette joie, et ça le réconforte un peu. Il a gagné un point. Dans son crâne c'est pourtant un volcan qui crache des laves d'interrogations. Des nuages de pensées contradictoires tourbillonnent au son d'une musique folle. Cette fille ? Cette palmeraie ? L'aventurier des congés payés qui adore l'imprévu découvre ses limites. Il a son compte... Il en a marre. En bon caractériel, il met fin à cette comédie.
- Tu peux faire ce que tu veux ! Mais je te conseille de ne pas rester plantée là. Je m'en vais ! Et tout de suite... Je retourne à Casablanca demain soir. Je dois prendre un avion.

Il est judicieux de ne point répondre. Elle le guigne avec ses beaux yeux. Elle sonde sa détermination, le fond de sa volonté. Il s'en aperçoit, perd pied et il lui avoue sincèrement:
- Oui ! Tu es belle et je voudrais me jeter sur toi. Mais tu es trop jeune. J'ai trente ans. Toi à peine quatorze…
- J'ai vingt et un ans.
- Menteuse ! Je pourrais presque être ton père. J'ai été élevé avec de la morale. De la morale partout ! Je le regrette mais il y a blocage… Je dois rentrer chez moi. Pour de bon.

Elle l'écoute. N'a pas l'air de l'entendre. Figée dans un sourire, elle attend la suite. Renaud est dans un ensemble de péripéties qu'il ne maîtrise pas. Qu'il ne comprend pas. Il se méfie... D'où sort cette fille ? Que veut-elle, à part vouloir faire l'amour avec lui ? Comment se débrouille-t-elle pour agir si vite ? Et cette mise en scène, se demande-t-il, ce simulacre de mariage auréolé de magie à chaque instant, que veut-il dire ?

*

L'aéroport est paisible. C'est un avion de retour. Un avion qui retourne vers le travail, le quotidien, les embouteillages, le froid aussi. Les passagers sont pour la plupart des vacanciers. Il y a aussi des étudiants marocains qui font leurs études en France. Les parents sont derrière les balustrades et leur lancent des « au revoir » fébriles. Leurs bouches derrière les vitres de protection grimacent des sons silencieux. Prières et recommandations.
Le vol fait escale à Bordeaux puis dans la ville rose.

Renaud Damier a du temps devant lui. Il sera le premier monté dans l'avion et le dernier à descendre.
L'avion décolle. C'est fini...
Cependant, la veille, il s'est laissé convaincre. Il a accompagné Surprise en voiture jusqu'à Marrakech. Chez son oncle.
Docilement elle est descendue de la voiture de location. Sur le trottoir d'une belle villa blanche, entourée de murs décorés de bougainvilliers. Le portail s'est ouvert, un homme est sorti.

Et il n'a plus entendu parler d'elle.

Le steward est maintenant devant lui... Cigarettes, parfums, alcools ? Il achète une cartouche de blondes, des anglaises et un parfum spécial brune. Cela peut servir. Un cadeau pour une future copine. Ou pour une cousine si d'ici Noël il ne rencontre personne. Puis, plus tard, au-dessus de Séville, une collation est servie. Bercé par le savoir-faire de la compagnie marocaine, il s'assoupit et réclame une tasse de café à une hôtesse moulée dans une jupe verte qui ne le laisse pas indifférent. Il n'est pas le seul malheureusement à profiter de son sourire enjôleur.

A Bordeaux Mérignac les passagers sont invités à se présenter à la douane. Dans la foule, à quelques pas, une silhouette. Il a un haut-le-cœur. Plus belle que jamais. Plus belle que l'hôtesse. C'est elle, encore et toujours, qui piétine d'impatience dans sa robe rouge à pois blancs. Surprise qui capte son regard effaré qui lui décoche un sourire ravageur, espiègle, et qui lui fait un signe marqué du saut de l'effronterie. Elle donne la main à une fillette et semble en grande conversation avec la maman.

L'homme est modelé de paradoxes.
Bizarrement Renaud est ravi. La peur c'est fini. Les explications dans la chambre d'hôtel, puis celles durant le trajet en voiture jusqu'à Marrakech ont fait leur bonhomme de chemin. Et puis, il est chez lui. Cette fille l'a suivi jusqu'en France. Il en est très fier. C'est quelque part très agréable d'être enfin un séducteur. Une fille l'a suivi. Elle est folle de lui ! Ce soir, calcule-t-il, nous serons à Paris. Nous ferons la fête. Et elle a quatorze ans ! C'est difficile de ne pas y penser. La réalité, le bon sens, lui font coucou. Il souffle comme un phoque. Pour chasser l'image de la tentatrice, il se force à penser à quelque chose de déplaisant. C'est la figure revêche de son boss qui instantanément lui vient à l'esprit.

Un fait reste indéniable. La crainte s'est dissipée et son regard sur elle a changé. Après les formalités douanières elle le rejoint au bar. C'est vrai qu'elle est jolie ! A peine terminée... A peine femme… Une gazelle, suivant la formule consacrée des guides. Avec des jambes qui n'en finissent pas d'être longues. Avec une peau bronzée, naturelle, douce comme la rosée de Tineghir. Et des yeux si grands, si profonds, des cils tels des papillons noirs, prêts à s'envoler à chaque sourire.

Ils sont devant un verre et discutent comme des amis. C'est la trêve. Il sait qu'elle a réponse à tout. Aussi, il se tait pour le billet d'avion qu'elle a su se procurer si vite. Il se tait pour cette liasse de billets qui déborde de son porte-monnaie. L'oncle est sans doute la réponse à toutes ces questions. Il ne veut plus rien savoir. Maintenant il s'en fiche.
Elle se suspend à son bras et il oublie les autres passagers. Ils prennent un taxi pour rejoindre la gare.

A Paris ils prennent un autre taxi. Un vieux blagueur qui dans sa jeunesse était chauffeur en Italie. Après un petit détour par les Champs-Élysées, à la demande de Surprise, le taxi stoppe sa course à Montmartre. Une rue étroite et qui grimpe. C'est là que Renaud habite. Un appartement qu'il loue assez cher et qui appartient à un peintre qui passe une retraite ensoleillée sous le ciel de Provence. Un village qui le fait rêver chaque fois qu'il doit inscrire l'adresse du peintre sur l'enveloppe qui contient le chèque mensuel.

Renaud a transformé le coin atelier pour en faire sa pièce de vie et il se sert parfois de la salle de bain aveugle pour développer quelques photos prises le dimanche. Les meubles sont en bois blanc. Son prédécesseur ne se contentait pas de créer sur toile. Toute était prétexte à invention. Malgré l'exiguïté des lieux, la moindre surface est utilisée. Renaud, plus modeste, explique que lui n'a rien d'un artiste. Il n'est qu'un simple photographe industriel qui obéit à sa hiérarchie. Il copie la nature du haut d'un avion, et plus précisément les sols.

Il actionne les gadgets ce qui amuse beaucoup Surprise. Elle lâche un rire cristallin. Chaque note est comme un souffle de bonne humeur. Il est désarmé. Sensible à cette ambiance il en rajoute. Ce n'est pas compliqué. Il est sous le charme.

Sa chambre sera la sienne. Pour une nuit ou deux seulement. Il a seulement quarante-huit heures pour dénicher une solution. Il est évident qu'elle se repose entièrement sur lui. Il n'a pas osé lui demander expressément quels sont ses projets. Il craint sa réponse. Sa grimace étonnée. « Mais je reste avec toi puisque je suis ta femme ! »

Ils ne sont pas sortis. Ils n'ont pas fait la fête. Ils ont commandé une pizza et des bières livrées à domicile et elle s'est plongée avec la délicieuse naïveté d'un enfant dans le film idiot de la télé. Vers les vingt-trois heures, ils se sont retirés chacun dans son coin, après un bonsoir gêné. Il ne sait pas s'il doit lui serrer la main, lui taper sur l'épaule ou simplement l'embrasser sur la joue. Plus vive comme à l'accoutumé, elle se hisse sur la pointe de ses pieds nus et lui dépose un léger baiser sur les lèvres. La porte de sa chambre se referme sur un clac définitif. Puis la clef tourne deux fois. Et il l'entend rire toute seule.

Au matin, il a mal dans le dos. Le miroir du salon lui affirme qu'il a une sale mine et elle lui conseille une bonne douche. Lavé, rasé, parfumé, peigné avec la raie calée sur la gauche, avec une chemise blanche à nid-d'abeilles, son pantalon gris anthracite en serge flanelle terminé d'une ceinture noire avec une boucle d'argent, il passe encore devant le miroir. Il hoche la tête avec satisfaction.

Et il se remémore la scène près de la piscine.

A la cuisine il déroge ensuite au rituel tristounet du café seul et sans sucre. Il prépare un véritable petit-déjeuner. Tartines, café, confiture de fraise et jus d'orange. Il la soigne. Tout est prêt. Servie avec en prime une fleur en guise de bonjour roulée dans la serviette. Une fleur volée sur le bacon de la voisine. Il cogne à la porte.

Curieux ne recevant aucune réponse il entre doucement.

Surprise est nue. Allongée sur le ventre. Elle est innocemment abandonnée dans une posture cambrée. Troublé, il trébuche sur la descente de lit mais il évite la catastrophe. Il pose le plateau sur la table de nuit et s'assoit sur le rebord de la chaise. Sa conscience lui ordonne de sortir immédiatement. Mais son côté voyeur demeure le plus fort. Sans scrupule il reste près d'elle, perdu dans une contemplation béate. Quand il se lève pour la laisser dormir paisiblement, il entend :
- Tu peux rester mon chéri ! Je ne dors pas…

Elle est réveillée. Et encore une fois elle se joue de lui.
- Allons ! Ne fais pas cette tête-là. Quelle odeur délicieuse… Je n'ai pas l'habitude de démarrer une journée avec tant de bonnes choses à engloutir.

Elle dévore tout et il la regarde avec ravissement. Il patiente jusqu'à la dernière bouchée. Il explique gentiment :
 - Cette nuit j'ai longuement réfléchi.
- Moi aussi ! ajoute-t-elle la bouche pleine, agenouillée sur les draps tirebouchonnés.
- Je ne peux pas te garder ici. De toute façon dans cinq jours je repars et cette fois-ci pour mon travail. En Espagne. Pour une importante compagnie. Je dois photographier un périmètre pour l'implantation d'un réseau ferroviaire. Je vais m'absenter au moins quinze jours. Peut être davantage...

C'est faux. Tout au plus trois, quatre jours mais il ne désire pas qu'elle sache !
- Et moi je t'attendrais ici… Tu verras, quand tu reviendras, tout sera rangé. Je vais laver les carreaux des fenêtres. Elles en ont besoin ! Et…

 Elle déborde de bonne volonté. Il l'interrompt vivement. Il est déjà moins gentil.

- Non ! J'ai beaucoup mieux. Je ne peut pas te garder ici. C'est inutile que je t'en explique la raison puisque tu ne veux rien admettre. Mais dis-toi bien qu'il n'y a pas d'autres solutions à moins que tu préfères t'offrir l'hôtel...

Il fait un violent effort pour être sec, autoritaire, moche. Ce n'est pas facile car il est tout le contraire. Elle accuse le coup et s'affaisse un peu. La victoire semble lui échapper.
- Que vais-je devenir ?
- J'ai une vieille tante directrice d'un grand magasin à Bourges qui loue des chambres à des étudiantes. Ce n'est pas très loin de Paris. Je vais me débrouiller avec elle pour qu'elle t'accueille quelques temps. Au fait... quelle est ta nationalité ? Française ? Marocaine ? Tu as un permis de séjour ou es-tu seulement ici en touriste ?

Cette mitraillade de questions a fusillé la jeune fille d'une salve moqueuse. Elle semble profondément choquée. Désarmée, elle éclate en sanglots. Intraitable car il se doit de l'être, il poursuit :
- Tu vivras chez elle en attendant une solution plus adéquate.

Et là, il devient ironique et salaud en ajoutant :
- Tu pourras parfaire ton éducation.
- Je ne veux pas, pleurniche-t-elle à bout d'argument.
- Écoute-moi, petite sotte ! Pour l'instant je ne vois pas d'autres solutions. Trouve-toi un garçon de ton âge pour t'occuper et si cela t'amuse. Si tu n'es pas contente, si tu as autant d'argent, tu peux toujours reprendre un billet pour retourner chez toi. Ton oncle sera ravi de te revoir. Si c'est vraiment ton oncle !

Elle le fixe d'un regard mouillé.
- Une prison ! Une prison ! Tu essayes de m'envoyer en prison alors que je viens de découvrir la liberté.

Renaud l'écoute sans faiblir. La diablesse a perdu sa superbe. Mais très vite elle se reprend et profère des menaces illusoires, des injures enfantines. Le photographe donne libre court à sa colère et se prend pour le grand méchant loup

- Tu ne resteras jamais ici. Tiens-toi le pour dit… Et maintenant que j'y pense, montre-moi tes papiers d'identité, ton passeport. Je me demande bien comment tu t'appelles en réalité ? Si je découvrais le nom de ton soi-disant père, je pourrais lui donner un coup de fil. Manière d'entendre sa version !

- Je les ai perdus.

- Je ne te crois pas !

Il fouille d'autorité dans ses affaires. Son sac à main possède un rouge à lèvres, du henné, un collier d'ambre. Plus un paquet de cigarettes blondes presque vide et un briquet qui ne marche pas.

- Tu fumes ?

- Non ! C'est juste pour t'épater…

Elle a retrouvé sa langue de vipère. Il poursuit son inspection. La valise contient aussi des sous-vêtements, tous très coquins, sa robe rouge, une autre blanche et un jean neuf, fabriqué au Maroc. Plus un livre intitulé Soleil Arachnide, livre de poésies, et un petit carnet vert rangé dans une boite jaune en cuivre.

Dedans en lignes serrées, quasi microscopiques et manuscrites, des pages entières numérotées de droite à gauche et en arabe.

Surprise profite de ce moment de temporisation pour regrouper ses affaires. Elle ne peut s'empêcher de dire à mi-voix :

- Tu vois idiot ! Je les ai bien perdus...

- Non ! Tu les as cachés…

- Je te jure que non !

- Et ce charabia qu'est-ce que c'est ?

Elle hésite. Très peu. Puis, sans sourciller, droit dans les yeux, elle répond :

- Un conte. De chez moi… Ce n'est pas pour toi !

Il ne peut pas répondre. Cette fille a parfois des réparties qui le le déstabilise. La discussion n'est pas son jeu préféré. Il est lent d'esprit, préfère éviter de rétorquer, de se perdre dans l'impasse d'un raisonnement poussé. Retranché dans un silence buté, il continue la fouille de la chambre. En vain.

Assise, jambes croisées, une cigarette non allumée plantée dans le pli d'une moue hautaine, elle cherche à l'agacer. Au terme de ce jeu ridicule il la plante là et file se calmer dans la rue.

*

Paris est encore un dessin de vacances. Les trottoirs sont vides. Le grand retour ce n'est qu'à partir du lundi suivant. Ensuite ce sera les bousculades dans les transports, le dioxyde de carbone au ras des poussettes, la foule se ruant sur les passages cloutés.

Il s'enfile dans le premier trou de métro. L'odeur du métal et du cambouis chaud investit son nez.

- Quelle haine ! pense-t-il à voix haute.

Renaud se surprend malgré cela à aimer cette odeur si familière et si détestée à la fois. Il est heureux tout bêtement de retrouver son quotidien. En réalité ce n'est un repère qu'il redécouvre et qui le rassure.

L'homme évolue dans une bulle invisible qui lui est propre. Personne n'a le droit d'y pénétrer sans son autorisation. C'est une évidence universelle.

Seulement sa bulle possède un accroc. Quelqu'un s'y est faufilé sans son accord. C'est insupportable. La théorie des distances se manifeste du fond de sa mémoire, du temps où il usait son fond de culotte sur les bancs de la faculté.

Ses pas l'ont conduit boulevard des Italiens. Il lèche les vitrines. C'est la démangeaison du vêtement. Pour compenser. Changer de peau. Oublier l'emmerdeuse.

Il s'achète une chemise rose genre séducteur, une cravate en soie, un pantalon à plis italien bleu marine. Il compense ainsi sa colère. Et pour l'Espagne, se donne-t-il pour excuse, cette tenue légère et souple sera toute indiquée. Là-bas il se trouvera une fille. Alicante le fait rêver quelques instants. Une fille avec qui il passera une bonne soirée. Une fille de son âge. Salut la petite emmerdeuse !

Renaud est devant un passage clouté. Le feu passe au vert. La fille qui vient à sa rencontre est magnifique. Puis elle disparaît. Combien d'inconnues a-t-il déjà croisées durant sa chienne de vie ! Combien de carrefours ratés !

Pourquoi pas ce soir ? se dit-il . Elle ne sera pas si belle. Il n'a pas les moyens de rêver si haut. Ces filles-là sont intouchables pour des gars comme lui. Mais la journée promet d'être longue. Il ne tient pas à rentrer chez lui. Qu'elle fasse ce qu'elle veut ! Cela lui est égal. Surprise est belle, plus belle encore que la fille de la rue mais elle est trop jeune.

Dans un bistrot des Champs-Élysées il avale vite fait un jambon beurre bien gras. Puis il appelle sa tante au téléphone. C'est une dame très arrangeante et elle accepte d'accueillir Surprise sans aucune autre formalité. Il ne lui reste donc plus qu'à la mettre dans le train. Demain le problème sera résolu.

Toujours pendu au téléphone, il éprouve le besoin d'entendre la voix de ses copains. Pour ne rien dire. Peu importe ! Puis vers les dix-huit heures il retourne à la boutique. Les retouches de ses vêtements doivent êtes terminées. Il se change dans le salon d'essayage et range son vieux pantalon dans la poche plastique. Dans la boutique voisine, il aperçoit une veste croisée, écrue, qu'il n'avait pas remarquée. Il l'essaye, décide de craquer une fois de plus. Elle tombe à merveille. Le vendeur lui affirme que c'est le dernier cri. Alors pourquoi ne pas se laisser faire ? Il sort ruiné du magasin. Mais la connerie le tient et il ira jusqu'au bout.

Un bon apéritif solitaire dans un bar dégueulant de bruit et de bière n'altère aucunement son moral. Bien au contraire. Puis il s'attable devant un croque-monsieur, arrosé de petits ballons de rouge. Une portion maigrichonne de tarte tatin qu'il double après avoir englouti la première, sans oublier le sempiternel café, clôturent enfin ce succulent repas.

Il déambule jusqu'à minuit dans les dédales du quartier Latin. Tout ce cirque pour enfin sonner à la porte taguée d'une boite de nuit qu'un de ses potes lui a indiquée, lors de confidences masculines. Sous le couvert d'un verre de pastis ce bon ami lui a certifié mordicus que dans cet antre privilégié il y avait des filles faciles à séduire.

Ce soir il a besoin de cela pour se rassurer. Il s'enfonce dans un long couloir de carrelage noir. C'est une descente aux enfers. Mais il s'en fiche. Il est capable de se vendre au diable. Les toilettes sont une première étape.

Devant le miroir ébréché, sali par les regards vitreux qui sans cesse viennent s'y scotcher Renaud se donne un dernier coup de peigne dans une tentative désespérée pour se donner un faux air de séducteur. La glace lui renvoie l'image d'un garçon aux yeux tristes, encore jeune d'âge. Dégoûté il a rangé son peigne. Ses cheveux refusent toute coopération, accentuent son désir de révolte, son désir de coucherie. Il est décidé, veut aller au fond de sa lucide envie.

Les soirées silencieuses, solitaires, il les jette, il les oublie.

Cette cave profonde, mal famée, est remplie de jeunes femmes pas compliquées d'esprit et qui pour se coucher ne demandent aucun prix. C'est la première fois qu'il pénètre dans un tel lieu et il se fait tout petit. Coincé dans les vibrations étourdissantes de la sono il est cloué contre un pilier à quelques mètres du bar. La musique est démente.

Il est submergé par l'ambiance oppressante. La fumée et l'odeur de nicotine qui flottent partout le dérange. L'éclairage tamisé et les premiers regards croisés électrisent sa motivation. Après la dernière gorgée d'un whisky double, il respire maintenant une certaine décontraction. Autour des tables, sur les banquettes, il discerne dans la pénombre ces silhouettes aux cheveux longs, ces femmes qui cachent le mystère de leur vie quotidienne sous la complicité des éclairages vacillants.

Les jeunes-femmes sur la piste ondulent des hanches au son des tubes à la mode. Elles sont conscientes des regards fiévreux et caressants de ces homme célibataires pour un soir. Tels des rats guettant la rue à la nuit tombée ils attendent et espèrent qu'une d'elles tombe dans leurs bras dès le premier slow.

La cigarette aux lèvres, perdu parmi cette cohue d'individus, il cherche sans vergogne une fille pour l'inviter à se pendre à son cou. Il est ivre et quand il avance, Renaud a la sensation de ne plus être lui-même.

N'étant pas difficile sur le choix des femelles, il débusque très vite une blonde incendiaire. Le sourire facile, la jupe au ras des cuisses, les yeux noyés, trop maquillés, le corsage défait et les ongles barbouillés. Sensible à ce tableau prometteur, il fixe sur elle un regard inquisiteur. Et lui décoche un sourire gêné. Plutôt une grimace…

La batterie s'est tue. Une chanson langoureuse d'un vieux tube anglais annonce officiellement que la chasse à la femme est déclarée ouverte.

Esseulée devant un verre vide qui attend une bouteille amie, cette fine découverte devine le manège grossier dont elle est l'objet. D'un regard limpide, elle lui affirme qu'elle est prête pour une prochaine danse. Ses grands yeux regardent ce jeune homme timide mais résolu. Elle bat des paupières et sans la moindre manière elle se lève et se dirige vers la piste bondée.

La jeune femme enroule ses bras autour de son cou et ventouse parfumée, elle se colle contre lui. Sa douce et grosse poitrine s'écrase contre sa veste et la légèreté de la robe a tôt fait de le faire fantasmer.

Ses jambes se frottent, se lovent aux siennes. La musique est obsédante à souhait. Il tremble. Il est lamentable. Malgré cela, le nez perdu dans les cheveux de sa cavalière, déjà si câline, il s'arme de courage. Il libère sa main qui part à la recherche dans le creux des reins, dans les plis de cette jupe provocante, si moulante. Elle s'infiltre sous la toile, elle caresse, palpe, griffe, étudie toutes les possibilités de cette peau nue, de ce vrai corps d'étoile qui ne demande qu'à briller. Juste pour une nuit. Juste pour une heure.

La fille vibre. Ses ongles s'enfoncent. Elle s'agrippe, cherche la bouche de son cavalier. Ses lèvres sont gonflées, pleines de fièvre, entrouvertes. Le baiser surprend Renaud. Il ne l'attendait pas si tôt. Peut-être cherche-t-elle quelqu'un à oublier, pense-t-il brusquement ? C'est certainement pour cette raison, continue-t-il dans sa cogitation, qu'elle n'a fait aucune difficulté pour aller avec lui. D'habitude il se prend veste sur veste. Il se dit qu'après tout c'est son jour de chance. Et lui ou un autre, il vaut mieux que ce soit lui.

Cette idée peu flatteuse fait vaciller quelque peu son orgueil.

Sa main est impatiente. Elle cherche à s'emparer du sein de la jeune femme. Un sein qui déborde d'un soutien gorge trop échancré. Cette caresse osée prouve qu'il est capable à son tour de prendre des initiatives. Il est dans un processus qui l'entraîne dans un monde qu'il ne connaît pas. Lorsqu'un timide dépasse la frontière de ses doutes plus rien ne l'arrête. La fille est d'un tempérament libéré. Elle se laisse peloter devant les autres couples. Renaud qui ne se contrôle plus a oublié qu'il est sur une piste de danse. Elle doit le ramener à la raison en gigotant pour échapper à son étreinte.

Reprenant ses esprits, la voix cassée, il propose alors de faire une trouée parmi les couples. D'aller s'asseoir à côté, dans une pièce qu'il a repérée. Une pièce sombre. Un endroit discret, plus approprié pour flirter, pour se découvrir.

Ils dénichent dans l'obscurité un des derniers fauteuils de libre. Il y a du monde et ils se blottissent l'un contre l'autre. Renaud effleure du bout des doigts les longues jambes de sa partenaire. Il explore ce corps alangui pareil à un serpent mouvant. Il est conscient de sa brusquerie, de sa rapidité. Toutefois elle donne l'impression d'aimer ça. Elle attise le feu de son désir et il sait que ce jeu ne pourra pas durer une éternité.

S'il veut garder son avantage il doit provoquer le destin. C'est une situation simple. S'il veut conclure coûte que coûte il doit agir vite. Il se connaît bien. Sinon, il risque de la laisser et de retourner auprès de Surprise.

Crûment, puisque c'est la règle, il lui propose de partir. Chez elle ? Oui ! souffle-t-elle dans son oreille.

Elle habite un studio.

Des centaines de regards. Une multitude d'yeux collés sur la tapisserie grise. Cette décoration bizarre procure une étrange impression. Des regards découpés au hasard des journaux, des posters, des photographies. Il est tombé chez une maniaque du découpage. Que cherche-t-elle dans ces personnages célèbres ou anonymes ? se dit-il coincé entre un fauteuil, une commode et un verre de Martini à la main. Les lumières de la pièce sont moins flatteuses que celles de la boite.

Malgré les cheveux de Marilyn, le rouge à lèvres, les formes de Marilyn, elle ne lui ressemble en rien.

Renaud se dit que l'investissement dans le verre de whisky sera vite rentabilisé. Le copain qui lui avait donné ce fichu tuyau ne s'était pas trompé. Il ne regrette pas non plus son deuxième conseil : pochette, veste de frimeur. Une certaine catégorie de femme se laisse prendre à ce leurre. Mais il n'est ni docteur, ni avocat, ni fils de bonne famille. Même s'il y a tromperie sur la marchandise, il hausse les épaules et il s'en fiche éperdument. Il avale d'un trait son verre et il s'en ressert un autre.

La jeune femme vient de mettre un vinyle. C'est parti ! Il se lève et l'attire contre lui. Ils font semblant de danser mais ils pensent déjà à autre chose. Elle essaye de lui parler, mais il sera goujat jusqu'au bout. Il s'empare de sa bouche, de sa langue pour un baiser conquérant. Tant d'audace et cela marche ! Il ne se reconnaît plus. Puis doucement elle se laisse guider vers le canapé. Elle ne met pas longtemps pour être toute nue.

Les corps lentement s'apprécient. Contre toute attente, il l'aime doucement. Il la tient à sa merci. Jusqu'à ce que leurs ventres et dans un même élan, agitation suprême, éclatent dans une extase brûlant, extase de théâtre, moitié simulée, moitié réalité.

Plus tard, un taxi est venu le chercher. Il est seul sur le siège froid à l'arrière de la voiture qui mange le goudron de la nuit. Sa solitude s'est amusée. Il lui souhaite le bonsoir avant de se coucher.

Simone. C'est son prénom. Elle est venue dans ce club privé avec la même hargne, la même tristesse. Juste pour embarquer un homme. Petite vendeuse chez Monoprix plaquée combien de fois ?

Voilà ! Il est de retour chez lui. Il paye le chauffeur. Il est crevé mais il doit se taper les cinq étages à pied car l'ascenseur est en panne. Il est cinq heures. Le froissement métallique de la clef qui tâtonne, le claquement du verrou, ne réveillent pas Surprise. Devant la porte de la chambre il perçoit les soupirs de la jeune femme. Elle se tourne plusieurs fois. Son sommeil paraît agité. Il aimerait tant savoir pourquoi. Après une longue hésitation il pousse la porte. Surprise a enfilé une de ses vestes de pyjama. Elle dort au-dessus des draps. Mais il referme précipitamment, honteux. Elle ne possède que la veste.

Quand elle se réveille, le petit déjeuner est prêt.

- Tu n'es pas rentré ? Tu as couché où ? lui demande-t-elle d'un ton détaché.

- Chez une amie.

- Ah bon !

La discussion tourne court. Elle semble nerveuse. Il comprend qu'elle réfléchit et il l'observe à la dérobée. Il ne doit pas lui laisser l'opportunité de se ressaisir. Il faut qu'il se décide avant qu'il ne soit trop tard !

- Bien ! Tu te prépares en vitesse et je t'accompagne à la gare. Hier, j'ai prévenu ma tante. Elle va s'occuper de toi. Elle a promis. Tu verras, c'est très chouette comme endroit. Elle vit dans une grande maison. Tu sais, elle a eu une bonne idée... Si tu t'ennuies là-bas elle connaît un couple qui cherche quelqu'un pour s'occuper de leur maison et de leurs enfants.

- Bonniche ?

- Euh ! Non ! Employée de maison...

Renaud est conscient de la profonde bêtise de sa répartie. Elle a raison la petite. Il est complètement idiot. Elle le fixe tandis que son visage se referme lentement. Elle tourne le dos et claque la porte. Il l'entend qui prépare bruyamment ses affaires et préfère ne point insister. Dans son fauteuil, soulagé par la tournure des événements, mais avec un goût amer de mauvaise action dans la bouche, il tente de se concentrer sur le courrier accumulé depuis son séjour au Maroc.

Une heure plus tard ils sont à la gare Austerlitz. La cohue les aspire. Un billet. Un numéro de quai. Une bière et un Coca. Un baiser sur la joue. Un sifflet strident. Et Surprise disparaît dans ce long serpent de ferraille qui pue le cambouis.
Sur le quai, le cou tendu, dressé sur la pointe des pieds dans l'espoir de revoir une dernière fois cette délicieuse silhouette qui l'emmerde tant, il se sent complètement ridicule. Mais il s'en fiche. Quand le cul du train n'est plus qu'un petit bouton sur le fond gris des murs environnants, il décolle ses semelles du ciment et s'en retourne vers la sortie. Sa démarche renâcle, elle est alourdie par un sentiment de lassitude. Il devrait être content… Curieusement ce n'est pas le cas. Après tout, Bourges ce n'est pas très loin. Dès son retour d'Espagne il se promet qu'il ira la voir.

Les jours tombent. Il y a eu son départ, son travail, son patron et les repas solitaires à l'hôtel. La routine.
Les filles d'Alicante sont décevantes. Trop belles évidemment ! Trop inaccessibles ! Un soir, la sonnerie du téléphone ébranle le silence de sa chambre. C'est Simone. Quand il raccroche cinq minutes plus tard, le mot fin est écrit sur la dernière page de cet épisode nocturne. Il n'a aucune idée de la façon dont elle s'est procuré le numéro. Peut importe !
Il consulte son agenda et compte les jours qui le séparent de Surprise.
Il devient amoureux. Il s'en rend compte. Il est partagé mais l'éloignement atténue ses réticences. La dernière sortie en avion

est annulée pour cause de mauvais temps. Elle est reportée à plus tard et son séjour doit se prolonger. Les clichés qu'il doit prendre sont importants. La montre qui marque son attente est son unique point de repère.

Enfin c'est l'heure du retour.

Paris est dessous. Sous le ventre de l'avion.

L'Airbus s'est posé en rebondissant. Il a serré les fesses et c'est chaque fois pareil. Les formalités passées, il appelle sa tante. La pauvre femme est désespérée. Surprise est partie en laissant un petit mot : « Je ne suis pas une servante mais une princesse. »

- Drôle d'humour ! conclut-elle en raccrochant.

Pour elle, c'est fini. A lui de se débrouiller.

Effondré sur sa valise transformée en siège, il retrouve très vite sa bonne humeur. Elle est retournée à l'appartement. Cela veut dire que dans moins d'une heure elle sera dans ses bras. Il rend les armes. Il est mûr... Il va succomber. Pourquoi se cacher la vérité ? A cet âge-là, une femme est une femme. Au Maroc ces jeunes filles sont souvent mariées. En majorité à des hommes plus âgés. L'excuse est mince mais grâce à elle, et à condition de ne pas trop élargir le débat de sa conscience, la morale reste sauve.

Il saute dans le premier taxi et file chez lui sans même attendre la monnaie. Comment a-t-elle fait pour la clef ?

Le cœur en tranches, il pousse la porte d'entrée. L'appartement est vide. Les pièces sont dans le même état qu'à son départ. Tout s'entasse partout. Et dire qu'elle désirait faire le ménage ! se rappelle-t-il. La princesse voulait même laver les carreaux dans l'unique espoir d'attirer son attention, de lui plaire. Et lui le rustre a dit non et l'a traitée comme une gamine. Maintenant où la chercher ?

Il doit la retrouver. Mais Paris c'est Paris... Où la rechercher ? A l'exception de la rue, de l'appartement, du taxi, de l'aéroport, ils ne possèdent pas de souvenirs en commun de la capitale.

Accablé, Renaud s'écroule sur le lit. Il tient dans sa main une bouteille de cognac.

Il rêve. Il est parti.
La vidéo de son inconscient s'est déclenchée. Programmée, elle démarre dès qu'il appuie sur le bouton du sommeil. Il est sur le sentier de l'oasis. Il revoit Surprise pour la première fois près de la piscine mystérieuse. Elle est nue. Si belle…
Mais le rêve s'efface. Il se réveille et se retrouve dans le froid de sa chambre. Dans la salle de bain, il se prépare une aspirine qu'il avale d'une gorgée grimaçante. Comme si ce geste était capable de tout résoudre. Puis le mal aux tympans, saucissonné de tristesse, il range ses affaires et se venge avec une vigueur démesurée sur les carreaux qu'il nettoie à coups de chiffon.
Vers les neuf heures il enfile son vieux manteau râpé en poil de chameau et prend la direction des Champs-Élysées. C'est un choix tactique. Un étranger visite cette célèbre avenue dès qu'il débarque à Paris pour la première fois. Il espère que Surprise a eu le même réflexe et que la trouvant à son goût elle y revienne de temps à autre pour se balader.

Dès lors qu'il aperçoit une silhouette menue, une robe rouge, sa gorge se noue. Il mesure combien il est vain de la rechercher. Il a autant de chance de la rencontrer que d'avoir les numéros du loto. A quatre heures du matin il s'avoue vaincu. Ses membres sont tous en capilotade. Il a parcouru un nombre incalculable de rues, de la Concorde à Beaubourg, en passant par le boulevard des Italiens et la rue Saint-Denis, avant de se perdre le long des quais. Il est encore plus épuisé moralement que physiquement.

Ce marathon dure plusieurs jours. Son patron trouve qu'il a sale gueule. Il pense qu'une femme est responsable des cernes qui maquillent les yeux de son subordonné. Il lui balance donc des claques dans le dos en le gratifiant d'un : « Sacré Damier ! Même vous alors… » Renaud laisse planer le doute.
Peu à peu la vie reprend son déroulement.

Le souvenir des vacances, les images oubliées de son appareil, s'estompent dans la grisaille quotidienne. Le visage radieux de la jeune fille se fige à jamais dans un tiroir de sa mémoire. Cet amour l'a juste égratigné. Mais l'écorchure ne guérit pas. Elle s'envenime chaque jour.

Les mois tombent les uns sur les autres dans la corbeille de son bureau blanc. Ceux qui sont dessous sont oubliés. Sauf un ! Celui du mois d'août. Celui-là, Renaud ne l'a pas jeté.

Un matin, une secrétaire lui demande si cette année il retourne au Maroc.

- Pourquoi ? demande-t-il étonné.

- Tu ne prends pas de vacances cette année ? Moi je démarre lundi. Je me tire au Club Med…

Une autre année solitaire vient de s'écouler.

Et merde ! Dans les toilettes, il boit deux grands verres d'eau. Juste après, une idée monumentale jaillit soudain et s'écrase sur le miroir dans ses yeux agrandis de stupeur. C'est évident ! Il doit retournera à Tineghir. Rien ne l'en empêche. Surprise est rentrée là-bas. Pourquoi n'y a-t-il pas pensé avant ? Cette idée se développe avec une vigueur extrême. Le soir ce n'est plus le garçon abattu et cafardeux qui se traîne au bureau entre deux reportages.

L'espoir.

Le lendemain, il pousse la porte d'une agence Air France et achète un billet pour Marrakech.

Il fait bon dehors et aussi dans sa tête. Pour fêter cette heureuse initiative, il s'offre un sandwich bourré de piments à la terrasse d'un troquet du quartier Latin. L'ambiance de cette soirée d'été le guide vers une douce euphorie. Et les pressions qu'il déguste à petites lampées gourmandes y sont aussi pour quelque chose. Les filles montrent les jambes. Les robes légères font deviner des peaux douces et brûlantes.

Parmi la faune habituelle, des touristes meublent les espaces du trottoir avec leurs regards aiguisés et leurs appareils photos sur le ventre ou leur téléphone dans la main. Un clochard accroché au sac plastique qui cache la bouteille de pinard apostrophe les passants d'une voix cassée pour réclamer une pièce.

Un groupe de filles de l'autre côté de la rue, style blousons, jupes minuscules et cloutées, têtes rouges ou violettes, coiffées stylé hérisson, discutent avec animation. Une d'elles tourne le dos. Renaud consulte sa montre. Il termine son verre et appelle le garçon pour régler sa note. Son regard se reporte sur la fille.

Elle est vêtue d'un pantalon noir et brillant. Il est si moulant qu'elle paraît nue. Son chemisier jaune en strass miroite sous la lumière des derniers rayons de soleil. Ses cheveux sombres possèdent une vie propre. Elle se retourne une seconde, et son visage affiche un maquillage démentiel. Toutes ces filles sont exagérément maquillées mais celle-ci est défigurée.

Renaud replonge le nez dans son argent, dans ses pièces de monnaie. Dans ce geste son attention se reporte machinalement sur les chaussures de la fille. Des escarpins rouges avec un gros nœud papillon posé dessus. Un papillon de satin et de cuir. Et la fille se retourne une deuxième fois vers lui.
Ensuite tout se déroule très vite. Elle bouscule ses copines et s'enfuit en courant. Renaud se lève d'un bond. Sa chaise tombe, son billet de vingt euros reste sur la table ronde. Il détale à son tour comme un chat à la poursuite d'un moineau.

Que fait donc Surprise dans cet accoutrement si bizarre ? Car c'est bien elle... Cela fait trop longtemps qu'il la cherche pour qu'elle lui échappe. Il est trop motivé. Aussi possède-t-il des ailes. Dans son sillage, il entend les rouspétances de ceux et celles qu'elle accroche au passage.
Il la voit qui s'engouffre sous le porche d'un immeuble dont la façade est en ravalement. Une espèce de passage. Au fond un hôtel. Mais il est fermé pour cause de travaux. Elle est prise. C'est un cul-de-sac. Adossée au mur elle attend.
- Bonjour !

C'est le seul mot qu'il peut prononcer. Il est essoufflé. Malgré l'émotion qui le submerge, cette tenue vestimentaire le stupéfie. Il a l'impression d'être devant une inconnue. Elle ne répond pas. Sa poitrine se soulève au rythme saccadé de sa respiration. Quand elle ouvre la bouche c'est pour l'insulter !
- Sale con ! Fiche le camp ! Je ne veux plus te voir…

Les larmes coulent sur son maquillage grotesque. Cette gosse c'est moi qui l'ai abandonnée ! pense-t-il. C'est de ma faute si elle est devenue ainsi. Il a honte. Mais il est si désarmé devant cette réalité qu'il ne sait quelle attitude avoir.
Une bande l'a adoptée. Des punks en marge de la société bien pensante. Depuis bientôt un an c'est une vie de galère sous des couleurs arc-en-ciel.
- Je n'ai pas voulu teindre mes cheveux ni les couper, lui dit-elle, devinant  ce qu'il a dans la tête.

Alors il laisse enfin parler ses sentiments... Il se saisit de son visage et l'attire contre lui. Elle ne résiste plus et s'abandonne contre son épaule. Il n'ose pas interrompre ses pleurs. Il ne se soucie pas de savoir si c'est de la peine ou de la roublardise. Puis tendrement, il essuie son visage avec son mouchoir mais il ne fait qu'accentuer le gribouillage clownesque.
En désespoir de cause, il l'entraîne  dans le bar voisin. Dans les toilettes, le visage neuf, Surprise lui offre un sourire. Sa beauté d'une année plus vieille le remue. Au comptoir, deux types ne peuvent dissimuler leur admiration. Ils  boivent du Coca-Cola et semblent heureux de vivre.
- Pourquoi es-tu partie ?
- Je ne voulais pas de ta prison ! J'ai vécu enfermée bien trop longtemps et comme tu ne voulais pas de moi…

Pour Renaud c'est l'instant de vérité... Il a quelques minutes seulement pour la convaincre. Elle est si imprévisible qu'elle peut l'abandonner sans attendre ses explications. Il répond avec la plus grande conviction :

- Mais bien sûr je voulais de toi ! Seulement je te connaissais à peine. Il me fallait du temps. Mon travail m'a coincé aussi…

Il hésite. Cherche les bons mots.
- C'est la vérité. J'ai été maladroit. J'avais peur de céder car tu me plaisais énormément. Et puis tu étais si jeune que j'ai eu des scrupules. Peux-tu comprendre cela ?

Elle l'interrompt en balayant son âge d'un revers de main. Une main alourdie de bracelets d'argent.
- Et maintenant je te plais toujours ?
- Oui ! Mais sans ton maquillage.
- Pourtant c'est un véritable artiste qui me l'a fait.
- Je n'en doute pas un seul instant.
- C'est mon copain…
- Ton quoi ? fait-il, semblant de s'étonner.
- Mon copain. Je couche avec lui.
- Ah bon ! Pourquoi me dis-tu cela ?
- Pour que tu ne sois pas gêné par tes scrupules ! Ceux de la bande n'ont pas hésité. Il y a aussi un vieux de quarante ans.
- Toute la bande, toute la bande… répète mentalement Renaud comme pour s'en convaincre.

Elle bluffe. Il en est certain. Elle poursuit :
- Mais oui idiot ! Où habites-tu, toi ? A Paris voyons tout le monde couche avec tout le monde !

A retardement, en lui posant la main sur l'avant-bras, comme pour mieux fortifier sa réponse, il soupire et il est sincère :
- Paris c'est parfois le désert tu sais.
- Chez moi c'est ici ! répond-elle en retirant son bras d'un ton détaché et pointu.

Renaud renonce à la comprendre.
- J'ai faim ! annonce-t-elle de but en blanc.

Désorienté, obéissant, il se lève, règle les cafés qu'ils n'ont pas bus et il la conduit dehors.

La nuit est tombée. Un vent sournois s'infiltre dans les rues. Un orage encore invisible investit la capitale bruyante. Au hasard de quelques pas, ils trouvent un endroit sympathique. Ils sont cachés dans le fond d'un restaurant authentique, derrière des bougies jaunes, neuves et froides. Devant deux apéritifs glacés, ils se regardent pour la première fois différemment.
- Pourquoi es-tu si agressive ? dit-il Je sais que tu te forces... Pourquoi joues-tu ce personnage si ridicule ?
- C'est mon mystère.
- Pour séduire. Je veux dire, séduire véritablement, ce n'est pas avec ce genre de propositions directes que tu y arriveras. Enfin, pour un homme comme moi, se reprend-il.
- Oui je m'en suis rendue compte... Tu m'as recherchée lorsque je suis partie ?

Il devine que cette question anodine est au contraire importante malgré l'accent détaché dont elle a usé pour lâcher ces mots.
- Oui ! J'ai fouillé Paris comme un fou. Mais c'est si grand !
- Je n'étais pas loin pourtant…
- Oui mais toi tu es restée tout ce temps sans chercher à me revoir. Tout à l'heure encore tu t'enfuyais. Pourquoi alors tout ce cinéma avant ? Au Maroc, dans l'avion… Avoue que tu t'es servie de moi pour quitter ta famille… Ton pays…

Surprise baisse les yeux dans son assiette vide. Elle demeure silencieuse et triture nerveusement sa serviette avec ses ongles bariolés de mauves. Il poursuit :
- Que comptes-tu faire maintenant ?
- J'ai changé. Je vis au jour le jour. Mes copains s'occupent de moi.

Il évite le sujet et observe négligemment ses bras. Il n'y a pas de piqûres. C'est toujours ça ! pense-t-il naïvement. Le serveur leur apporte l'entrée. Deux tranches de foie gras sur feuille de salade. Il lui pose des questions mais les réponses sont brèves, décourageantes. A peine répond-elle par un oui ou par un non. La conversation semble tourner à l'interrogatoire. Ils mangent et boivent donc. Sans plus !

Au moment de partir, elle lui prend la main et lui demande d'aller danser. Dans une boite de nuit. N'importe laquelle... Peu importe ! Renaud, évidemment ne sait pas où aller. Il tente de la convaincre pour une autre balade. Ailleurs... De faire les cent pas. De boire un autre verre dans un bar musical. Pourquoi aller se terrer, s'enfumer, se faire piétiner ?
- Je veux danser ! s'obstine-t-elle.

En désespoir de cause, il se souvient du seul endroit où il s'est rendu un jour, seul, en mal d'amour. Ce n'est pas loin et ils peuvent s'y rendre facilement. Mais la pluie fait son apparition à grosses gouttes. Ils se réfugient dans un taxi providentiel. Le long du trajet, c'est en vain qu'il quémande un mot de sa part.
Il n'y a pas beaucoup de monde. Une hôtesse les installe dans un angle éclairé. Surprise commande une bouteille champagne. Il a le réflexe d'une éducation bourgeoise et galante qui le fait acquiescer sans broncher malgré le prix de la bouteille.
Il repousse son verre auquel il ne touche pas et observe à la dérobée les personnages mâles qui sont déjà là. Il se souvient d'un soir. Il était comme eux.

C'est encore tôt pour les ultimes rencontres de la nuit. Mais ce n'est que le début du mois d'août. La clientèle habituelle est en vacances.
Surprise enfile coupe sur coupe. La piste toujours aussi déserte paraît bien trop petite pour elle qui danse n'importe comment dans une espèce de gesticulation désordonnée et ridicule. Elle est complètement ivre. Renaud essaye de la calmer mais elle se fâche et le repousse vers son fauteuil.
- Je suis venue pour danser ! Pas pour m'emmerder avec un con...

Un gros bonhomme, surgi de nulle part, l'entoure par la taille et la guide vers le bar. Le disc jockey entame une longue série de slows et l'odieux personnage en profite pour l'inviter. Renaud effondré, reste vautré sur son fauteuil, mal à l'aise. Il détourne le regard et réclame à son tour une bouteille de whisky.
Après tout pourquoi se gêner !

Maintenant le couple s'embrasse. Les mains de l'homme sont partout. Renaud est prêt à intervenir. La bouteille arrive et crée une diversion. Il se sert un verre et l'avale cul sec. Il fait la grimace et lance des signes ridicules pour réclamer l'addition. Mais Surprise ne veut pas décoller du gros type.
Renaud se console. Verre après verre... Il se sent mieux. Plus fort. Avec difficulté, il s'extirpe de son fauteuil et en titubant il invite une femme qui cache sous une tenue qui se veut sexy une jeunesse fanée. Ils sont sur la piste de danse.

Surprise l'a vu et commente en rigolant la tenue de sa conquête. Pour répondre et par provocation il serre davantage la dame en question et l'odeur de son parfum, mélangé à celui du fond de teint, ajouté aux relents d'alcool, lui donnent subitement envie de vomir.
Il les abandonne soudain et file vers les toilettes nauséabondes. Face au miroir du lavabo qui lui restitue une image floue de sa personne, il reprend lentement quelques forces à grands renforts de tapes froides et mouillées sur les joues. Il tente même de vomir en s'enfonçant les doigts dans la bouche. Mais il n'y arrive pas. Le visage trempé, les cheveux collés sur le front, sur les tempes, il respire saccadé. Son image se matérialise enfin plus nettement et il en profite pour se donner un sourire crispé. Avec les dents. Une certaine manière de se redonner courage.

Il est mieux mais ce n'est pas gagné. Il se détaille encore une fois dans la glace perfide et il éclate de rire. A cet instant, la porte des toilettes « hommes » s'ouvre bruyamment et Surprise apparaît.

- Excuse-moi pour tout à l'heure ! commence-t-elle.
- Pourquoi ? parvient-il à souffler.
- Je t'ai traité de sale con.
- Ne t'inquiètes pas ! J'ai déjà oublié…

Elle se hausse sur la pointe des pieds. Mais où sont passées ses chaussures ? Elle lui dépose un baiser de gentillesse dans le repli de la joue durcie par une barbe nocturne. C'est un lot de consolation et qui se transforme en un baiser coquin. Comme ils sont imbibés l'un et l'autre, le baiser devient fou, il devient désir.
Les mains s'agrippent, elles s'abandonnent puis se reprennent plus avides. Celles de Renaud, à l'instar du sale type, prennent leur revanche. Il relève le chemisier de la jeune femme jusqu'au cou pour  caresser les seins à pleines poignées. Dans l'euphorie de son alcoolémie il s'imagine que tendresse rime avec rudesse.

Surprise gémit et cherche, elle aussi, le contact de la peau. Il ne tient plus. Merveilleusement illuminé, il déboutonne le côté du fameux pantalon noir. Il la soulève et la pose quasiment nue sur le rebord du lavabo. Il ne lui reste plus qu'à se déboutonner à son tour... Heureusement une lueur de lucidité interrompt son geste. Il se rend compte avec effroi qu'ils font l'amour dans les toilettes d'une boite pourrie. D'une minute à l'autre quelqu'un peut les surprendre. Cette constatation le ramène à la raison. Il réajuste Surprise non sans mal car celle-ci est dans un tel état d'ébriété qu'elle ne pense plus qu'au plaisir. Mais il parvient à lui faire entendre raison. Il propose alors :
- Sortons et allons chez moi !

 Elle roucoule une réponse inaudible.
- Mon sac ?
- Mais tu n'as pas de sac.
- Si j'ai un sac ! A la table…

En se tortillant, elle tente de regagner la salle de danse mais elle est incapable d'aller plus loin. Renaud part à sa recherche. Il le

trouve sous une banquette. Il est minuscule, en cuir et il dégage une forte odeur de médina. Éclair rapide sur une oasis lointaine qui jaillit inopinément pour réveiller sa nostalgie.
- Là ! Tu vois c'est mon sac.

Il le lui tend. Mais son geste est maladroit et le sac s'ouvre. Un objet s'en échappe. C'est le carnet dans lequel est transcrit ce conte dont un jour elle a parlé. Sans un mot elle le ramasse, le range et accroche le sac en bandoulière.
- Partons ! Je veux faire l'amour.

Elle a prononcé cette phrase avec tant de conviction que malgré la musique le couple à côté d'eux a entendu. Ils éclatent de rire sans aucune discrétion. Surprise leur répond en levant son verre puis elle tente de le reposer sur la table car il est vide. Le verre tombe et se brise. Elle éclate de rire et profite de ce flottement pour s'en aller. Elle repousse le bras secourable du photographe, et tente une première sortie. Mais elle est dans l'incapacité de faire un pas supplémentaire. Renonçant à une démarche digne elle accepte par la force des choses l'aide de Renaud.

Dehors le trottoir mouillé et glissant prouve que les nuages se sont soulagés. Le ciel semble moins noir. A l'arrière d'un taxi ils remettent le baiser romantique au goût du jour. Ils ne se sont pas méfiés et comme dans les toilettes, ils perdent tout contrôle. Le chauffeur du taxi a ralenti... Le film érotique est en direct dans son rétroviseur.
Heureusement l'appartement n'est plus loin. Renaud paye et lui offre un pourboire magnifique.
- C'est lui qui aurait dû payer ! s'esclaffe la jeune femme.

Ils grimpent aussitôt dans leur repaire. La porte est fermée à double tour. Ils n'ont plus le temps de chercher l'interrupteur. Dans le couloir, dans le noir, contre le mur… Il la soulève et lui embrasse le ventre. Il lui arrache sans hésitation le peu de vêtement qu'elle porte. Il murmure à son oreille.
- Où as-tu mis ta culotte ?

- Je l'ai donné à une copine.

Ils s'aiment comme des fous… Vite et mal. Le plaisir joue au chat et à la souris. Renaud se fatigue. Il s'énerve. Il n'y arrive pas. Surprise, le dos meurtri par la moquette, est couverte de sueur et de bleus. Elle a crié plusieurs fois. Mais de douleur.
Enfin, beaucoup plus tard, ils sont effondrés sur le lit. Comme deux ivrognes.

*

Le lendemain matin, Renaud est le premier a émerger.
Le décor est d'une tristesse à pleurer. Le long du couloir il y a des vêtements qui jonchent le sol et qui attestent du combat de la veille. Le souvenir flou de ce piètre exploit lui déclenche un rictus amer. Le gâchis qui a suivi, maintenant qu'il a cuvé, le dégoûte. Lui qui avait tant rêvé… Sur le tapis une bouteille de whisky vide prouve qu'ils ont encore picolé. Mais il n'en a aucun souvenir.
- Quelle merde ! dit-il tout haut.

Surprise perdue dans le lit dort encore. Il s'approche d'elle. Son visage est barbouillé par les ruines de son maquillage. La salive perle au coin des lèvres. L'oreiller est mouillé, noirci par le mascara. Elle baigne dans son humidité avec la candeur d'un nourrisson.
Il la secoue sans ménagement. Ce geste brusque est comme une vengeance. Pas de petit déjeuner comme la première fois. Non !
Il la secoue une deuxième fois encore plus vigoureusement.
- Debout ma beauté !

Elle parvient avec difficultés à ouvrir ses yeux ligotés par son maquillage gras. Elle s'étire sans pudeur et en soupirant d'aise, elle dit d'un filet de voix éraillée :
- J'ai mal à la tronche !
- La tête, reprend Renaud agacé par ce langage commun.
- Quoi ?

- On dit comment !
- Mais qu'est ce que tu racontes ?

Il se lève excédé. Cette manière de s'exprimer si fraîche, si piquante, ce parlé issu de la solitude d'une oasis, combien cela a-t-il changé ! Les rues de Paris ont gommé tout ce qui faisait son charme. Langage et attitude…
- Prends une douche et prépare du café ! Je vais ranger cette porcherie.

Renaud n'est pas fier. La situation serait récupérable s'il le désirait. Être doux, aimable, sécurisant. Il pourrait s'asseoir à côté d'elle sur le lit, lui avouer qu'il l'aime sincèrement d'un amour tendre.

Mais il est remonté contre elle. Contre lui-même aussi d'une certaine façon. Car c'est lui qui a joué. C'est lui qui a brutalisé ce corps désiré comme un vulgaire macho. C'est lui encore qui a fait l'amour de cette façon-là. Même si c'est elle qui l'a excité de la sorte, sans arrêt avec des manières de garce, de fille des rues, il ne se trouve pas d'excuse.
Elle soutient qu'elle est une princesse. Si c'est vrai, susurre sa conscience, pourquoi ne se comporte-t-elle pas comme telle ?

La journée défile au ralenti. Quelques mots par-ci, par-là. Un semblant de repas aux environs de seize heures avec les restes du réfrigérateur. Puis plus tard la télévision pour combler les silences et la nuit qui peu à peu assombrit l'appartement. Ils restent assis, l'un en face de l'autre, chacun sur un fauteuil. Ils attendent, funambules de l'amour, que l'un des deux fasse le premier pas au risque de s'écraser sur leur rancune réciproque. Renaud se décide le premier.
- Surprise, ma chérie…

Elle redresse la tête et le fixe. Une cigarette vient se planter dans ses doigts. Ses ongles sont affreux. Le vernis est écaillé.
- Tu devrais ne plus voir tes amis…

- Pourquoi ?

Ce mot a claqué comme un fouet. Renaud, lourd, imbécile, s'embourbe.
- Ce sont des voyous. Ils s'amusent de toi. Ils profitent de ta faiblesse. Ils sont les parias de notre société.
- Que t'es con ! Puisque tu es si intelligent, si instruit, t'as qu'à leur proposer d'être leur papa. Et donne leur un boulot ! Mais pas un boulot de chien. Un boulot comme le tien…
- Tu dis n'importe quoi…

Surprise se lève et allume sa cigarette. Elle tire dessus à s'en déchirer les poumons. Fatigué, il propose alors mais sans trop y croire :
- Reste ici avec moi, si tu veux… Mais promets-moi de ne plus les voir. Et change de tenue et de coiffure. Tu sais, je m'absente souvent pour mon travail. Je ne pourrais pas te laisser l'esprit tranquille en sachant que tes copains peuvent débarquer d'un instant à l'autre. Tu vois ! Je suis honnête… Je t'aime Surprise. Et je voudrais me marier avec toi…

Elle ricane :
- Mariage dis-tu ? Quelle cochonnerie !

Elle hurle presque.
- Le mariage c'est la prison. Surtout avec des mecs comme toi !

Et sans prévenir, elle s'effondre. Réfugiée, recroquevillée dans le creux du fauteuil elle pleure. Lentement, Renaud s'approche mais il n'ose pas la toucher. Ce n'est pas la petite marginale qui chiale. C'est la jeune princesse de l'oasis, pense-t-il. Elle est revenue et pleure sur son passé. Sur un souvenir qu'il ignore et qui vraisemblablement explique sa conduite étrange.
Il ne peut réellement oublier, qu'au début de leur rencontre, ses actes étaient empreints d'une sacrée bizarrerie. Les événements qui ont suivi, à y réfléchir, eux aussi ont eu un déroulement mystérieux.

Par contre, aujourd'hui, tout semble parfaitement normal. Triste mais normal.

Le lendemain, quand Renaud s'extirpe du canapé où il a passé la nuit, il a un pressentiment. La veille elle n'avait pas désiré sa présence dans le lit qu'elle avait investi d'autorité. Ayant ainsi coupé court à une soirée qui paraissait compliquée. Alors, avant même d'enfiler ses charentaises, il se précipite dans la chambre. Le lit est défait et les draps jetés par terre sont froids. Elle est repartie.

Il a encore tout gâché. Sa morale bidon, rétrograde, son air de bourgeois effrayé a fait fuir la sauvageonne. La princesse des lauriers est partie. Elle a tourné la page sur leur rencontre.

Dire, songe Renaud, que cela arrive tout le temps. Quelle pitié quand les êtres n'arrivent pas à se comprendre ! Et il saisit alors le pourquoi de la haine, de la guerre, du manque d'amour, et de toute la pagaille du monde.

C'est avec les sentiments en confiture qu'il se traîne jusqu'à son lieu de travail.

La secrétaire est partie au club Méditerranée. Un mot de son patron l'attend sur son bureau. La confirmation de ses congés payés qui débutent dans quinze jours.

Il emploie inévitablement toute la soirée et une bonne partie de la nuit à rechercher Surprise. L'inconvénient avec ces groupes de punks c'est leur absence d'adresse. En plus ils ne parlent pas aux gens qui n'ont pas de la peinture dans les cheveux ou une épingle à nourrice dans le nez. C'est ce qu'il pense.

Son blouson de cuir qu'il a enfilé à la hâte pour leur ressembler un peu, établir peut-être le contact, est d'un cuir trop beau pour leur inspirer confiance. En outre il n'a pas de clou, il n'est pas déchiré et n'est pas couvert de badges et de ferrailles de toutes sortes.

Malgré cet handicap certain, ainsi que la chaleur étouffante de cette soirée d'été, il réussit cependant à causer avec quelques punks, à leur soutirer quelques mots, des bribes de pistes. D'un groupe à un autre, il parvient de la sorte à dénicher l'adresse d'une maison délabrée en passe d'être prochainement démolie pour laisser place à la construction d'un jardin. Pour d'autres enfants, plus jeunes, avec d'autres parents et des cheveux bien dans le rang. Mais là encore Surprise demeure introuvable.

Sous une arcade éclairée un groupe de jazz joue à s'en faire péter les joues. Le Saxophone bouscule ses pensées et les notes font le ménage de ses idées noires. Il reste debout. Il est envahi. Crevé, hagard, cigarette sur cigarette, il écoute la tristesse et la joie de cette musique inventée à l'autre bout de l'océan. Un rêve qu'il n'a pas encore réalisé. L'Amérique...

Inlassablement il recommence ses recherches. Au fil de soirées perdues, de galopades désespérées, à rattraper des silhouettes inconnues, il y a, comme un poignard plantée en lui, cette certitude de l'avoir perdue définitivement. Mais il continue. Il est buté. Il aime.

Il soupçonne qu'elle a trouvé refuge et assistance ailleurs que chez les punks. Une idée qui ne repose sur rien mais qui est présente maintenant. Elle possède tant d'imagination... Elle l'a prouvé. Pour la rencontrer une troisième fois, le hasard se fera tirer l'oreille. La seule chance qu'il a de la revoir est qu'elle veuille se replacer un jour sur sa route. Tout dépend maintenant d'elle.

Il a du mal à retenir ses larmes sur ce coin de trottoir lugubre, noir, à quelques centaines de mètres de chez lui à cinq heures du matin.

Sur sa table de nuit le billet d'avion pour Marrakech n'a pas bougé depuis plusieurs jours. Il hésite à partir. A quoi bon ! Il sait qu'il ne la retrouvera pas au Maroc. La veille du départ, il retourne  dans cette fichue boite de nuit. La première femme à qui il  adresse la parole refuse de le suivre sur la piste de danse. Il doit avoir une tête de pauvre type. Ses vêtements sont fripés, sa cravate mal nouée, sa pochette ratatinée s'est écroulée au fond de la poche poitrine. Il n'impressionne plus personne. La comédie de la séduction est finie.

Sur le trottoir, une prostituée, belle rousse bien plantureuse, lui fait des propositions. Le démon le taraude. Il n'a jamais osé. Mais demain s'il le veut, il peut s'envoler vers l'oasis. Il refuse l'avance du bout des lèvres et rentre sagement chez lui. Il doit préparer sa valise. A sept heures du matin il est à Orly. Mais cette année, il a oublié la boite à souvenir. Sait-il que c'est un acte manqué ?

Il débarque prématurément à Casablanca. L'avion a atterri pour des raisons techniques. Il ne repartira que le lendemain pour Marrakech. On leur propose une solution de rechange. Il existe une liaison en petit coucou mais ce genre d'appareil lui rappelle son boulot. Il opte pour se taper l'autobus et profiter davantage du folklore routier. Il jette sur le macadam brûlant le sac à dos qu'il a troqué à la dernière minute contre sa valise. Il hèle un porteur et par son intermédiaire appelle un petit taxi. Il connaît les usages et ne vexe ainsi personne.

Une vieille Peugeot, cahotante à force de bouts de ficelles, de fil de fer et de sièges éventrés, le dépose devant le comptoir de la compagnie des transports marocains. Au guichet, entre des femmes chargées de sacs d'osier et d'un vénérable hadj drapé dans une djellaba immaculée à l'instar de sa foi, il achète un billet pour Tineghir. Un voyage de nuit à travers l'Atlas. Il n'avait pas prévu ça, Ce n'est pas pour le rassurer mais il n'a pas le choix. Le départ est dans deux heures. Il a le temps de grignoter et déniche un boui-boui où la friture sent le poisson et les brochettes.

Le patron flanqué d'une grande toque blanche parle espagnol. Ce vaillant bonhomme qui s'active autour de son fourneau est d'Alicante. Renaud mange avec appétit des calamars grillés en contemplant les photographies accrochées au mur. Il commande une bouteille, un rosé, un Boulaouane vendu pour douze degrés mais qui doit en faire quatorze.

Quand il s'en va il se sent bien. L'ivresse procure une sensation protectrice qui lui convient. Un cocon qu'il apprécie davantage chaque fois qu'il boit.

Il déniche un siège libre au deuxième rang. Le véhicule bondé démarre en direction du sud. Sur le siège d' en face une femme, coiffée à la Belphégor, lui cache partiellement la vue. Après tout, cela vaut mieux ! pense-t-il. La route est mortelle. La nuit, il arrive trop souvent que des camions sans phare provoquent des catastrophes. Il a constaté, lors de son dernier voyage, que les accidents de la route sont ici plus cruels. Faute de moyens pour les secours.

Le voyage devient pittoresque. Régulièrement l'autobus stoppe dans des gîtes installés au bord de la route. Ces endroits sont hauts en couleurs et regorgent de monde. La nuit est profonde. La lune est dorée. Les étoiles explosent dans leur éternité. Les brochettes grillées et odorantes passent de mains en mains. Sur des tonneaux, du thé à la menthe est proposé pour une somme dérisoire. Avec autant de sucre que l'on désire. Des transistors déversent sur le brouhaha un flot de musiques locales. Mais pas tous. Certains diffusent aussi des tubes en anglais donnant sur cette foule bigarrée une ambiance décalée
Les adolescents sont accroupis en bordure des chemins. Leurs rêves s'envolent au fil des notes. Plus loin des enfants traînent autour du va-et-vient des véhicules. Ils proposent ce qu'ils ont ramassé. Souvent des minéraux. Le pays regorge de géodes et d'améthystes.

Renaud a acheté une belle améthyste. Au col du Tizi-n'tichka, c'est à dire, à l'étape suivante, profitant de l'immobilité du bus, il défait son paquet fait de journaux dans lequel est logé son achat. Le chauffeur aperçoit l'améthyste et prend d'autorité la pierre. Devant un Renaud ébahi l'homme crache dessus et avec le revers de sa veste qui n'a rien à envier à celle d'un artiste peintre, il l'essuie. Les cristaux violets deviennent transparents. Il s'est fait rouler. Ce n'est que du vulgaire quartz. Et tandis que ses compagnons de voyage s'esclaffent, Renaud se lève et salue à la ronde. Il n'a rien trouvé de mieux comme attitude face à ce déferlement hilare.

Puis à l'étape suivante, fier de son expérience, il achète d'autres pierres. Elles sont jaunes. On dirait des soleils. Mais il n'est pas dupe et il fait baisser le prix de moitié.

A quelques dizaines de kilomètres de Ouarzazate une bagarre éclate dans son dos pour une histoire de fenêtre ouverte. Les voyageurs s'en mêlent. Le chauffeur arrête l'autobus sur le bas côté de la route et se mêle aux protagonistes. Renaud reste seul à l'intérieur et attend patiemment que les palabres cessent. Mais lorsqu' ils repartent, ce n'est que pour quelques minutes. Un peu plus loin, le conducteur, sans quitter son siège a entamé un marchandage pour des melons avec un maraîcher stationné à la croisée d'un chemin.

Enfin, ils parviennent à Ouarzazate.

Renaud n'en peut plus. Il a n'a qu'une envie, s'extirper de ce tas de ferrailles aux amortisseurs moribonds et faire quelques pas afin de se dégourdir les jambes. Il doit patienter pour récupérer son sac à dos qui est perdu sur le toit avec les autres bagages amoncelés. C'est une joyeuse pagaille.

Plus tard, au hasard, il déambule parmi les ruelles de ce quartier populaire. Les échoppes sont  fermées. Par contre les portefaix sont  déjà au travail. Les ânes plient sous la charge et les coups de bâtons. Un bar est ouvert et il s'y installe. Il commande un café au lait avec de la kesra et du beurre. Mais il se ravise. Sans beurre mais plutôt de la confiture…

Sa correspondance pour Tineghir n'est que l'après-midi. Il a le temps de visiter la ville. Puis c'est l'ultime étape. Il lui tarde d'arriver.

*

Il n'a pas réservé de chambre à l'hôtel. Mais il court le risque. Il improvisera s'il n'y a pas de place.  Le chaouch huileux est toujours à son poste. Renaud s'attend à ce qu'il le reconnaisse. Celui-ci n'a aucune réaction. Avachi sur sa chaise, il contemple d'un regard morne l'immense palmeraie qui s'étend jusqu'aux contreforts de l'Atlas. L'une des plus belles du royaume.

L'a-t-il reconnu ? Puis, contre toute attente, le chaouchs sort de sa léthargie, le gratifie d'un sourire à retardement et lui souhaite la bienvenue en l'appelant par son nom. Renaud monte dans sa chambre perplexe. La fatigue du voyage se manifeste. Il range ses affaires lentement. Puis, après un repas frugal dans la salle du restaurant, il remonte. Demain, tôt, il a rendez-vous.

De la fenêtre il contemple les terrasses des maisons en terre qui s'étendent tout autour en contrebas. Derrière c'est la palmeraie. A peine visible dans l'obscur de la nuit claire. Sur le fond gris du ciel il distingue des feux, quelques familles qui passent la nuit à la belle étoile. Il écoute le silence. Il avait oublié cette forme de plénitude. Avec juste quelques sons identifiables au grè de la vie nocturne. L'hôtel qui produit les siens. La cuisine qui libère des morceaux choisis de casseroles récalcitrantes. Le portier qui discute sous sa fenêtre à voix basse. Ou encore le braiment lointain d'un bourricot qui récite un chant d'amour à sa belle. Renaud soupire d'aise... Toutes ces ondes, ce bruit. Il est à l'unisson avec cet endroit qu'il retrouve avec un immense plaisir. A l'aube, il retournera là-bas. Poussé par l'impatience, il fouille avec les jumelles à la recherche des lauriers roses. Mais la nuit a brossé un trait noir d'ivoire et masque l'extrémité du terrain.

Il se couche et s'endort immédiatement dans son rêve. Surprise l'attend au bord de la piscine émeraude. Elle est nue.

Quand il s'éveille, il fait jour. Accoudé sur le rebord de la terrasse, sur le toit, à la jumelle comme la veille, il cherche les lauriers. Ils sont là. Surprise est peut-être derrière. Son souvenir bouleverse son esprit. La conviction profonde qu'il va la revoir s'insinue et se fait tenace. Il est très ému.

Cette fois-ci, dans les sentiers, dans les cailloux, sur les racines, à travers les cactus et les ronces perfides, ses chevilles respirent en parfaite sécurité à l'intérieur d'excellentes chaussures de randonnées. Il distribue les cigarettes à son escorte virevoltante de gamins. Il est en pleine forme quand il débouche devant les lauriers. A l'inverse de l'année précédente, il s'étonne que les enfants ne se soient pas arrêtés avant, qu'ils aient osé empiéter sur le terrain défendu.

Le paysage a changé. Des femmes sont là et discutent âprement sur un sujet qui doit leur tenir à cœur. Cet endroit n'est donc plus désert ? Cela lui paraît étrange et incompréhensible. Un doute le titille désagréablement. Les habitants semblent ne plus avoir peur de cet endroit. Pourquoi ? se demande-t-il.
Il s'adresse à l'un des gamins qui l'accompagnent depuis un bon moment ? Pourquoi le sol n'est-il plus en friche et pour quelle raison subtile cet endroit est-il couvert de cultures ?
- C'est à cause de l'hôtel Monsieur !
- Où ? demande-t-il extrêmement surpris par cette réponse.

L'enfant tend fièrement le bras. En direction des lauriers roses. Renaud ne fait qu'un bon. Il se précipite et risque de perdre l'équilibre sur le grillage qu'il n'avait pas vu. Sans hésiter, il se hisse par-dessus, s'égratignant une main au passage et devant les enfants qui trouvent la situation fort drôle, il se réceptionne tant bien que mal de l'autre côté.
- Pourquoi tu ne prends pas la porte ? questionne innocemment le plus petit.

Il n'a pas le temps de répondre à tant de bon sens. Il est déjà loin...
A l'identique de la première fois il débouche sur une clairière. Mais le décor a changé. La piscine est différente. Immense. Il y a des toboggans multicolores et des jacuzzis bondés de touristes bronzés, avec fauteuils plastiques rangés en bon ordre, avec un maître nageur musclé, en short et claquettes, avec une pagode sous laquelle est rangée une machine distributrice de bouteilles de Coca-Cola. Renaud s'est arrêté net dans une stupeur froide. Comme un automate qui partirait cahin-caha vers la révision de

ses rouages, il se dirige vers cet endroit de villégiature. Puis il tourne enfin la tête vers la droite.

L'hôtel, style plain-pied avec pavillons exotiques complète son désarroi. Que s'est-il donc passé durant cette année ? Il n'y avait rien. Hormis une piscine avec un fond escamotable où il a, bel et bien, failli se noyer. Petite flaque d'eau comparée à la taille de celle-ci.

Dans les carrefours embouteillés de sa mémoire, il se remémore les tentes qui avaient servi pour le simulacre du mariage. Il les cherche vainement. Surprise est d'une famille de nomade. Voilà la vérité ! Les tentes ont été démontées et remontée plus loin. Et sur ce terrain un hôtel a pris naissance en quelques mois. Quoi de plus naturel ! essaye-t-il de se rassurer. Les bulldozers ont dû faire qu'une bouchée de la piscine escamotable en creusant la grande. Il doit se renseigner. A qui appartient cet hôtel ?

*

Tout semble normal.

Les touristes s'éclaboussent. Ils boivent des boissons colorées. Un serveur dans une belle veste blanche attend nonchalamment la commande sous un palmier. La musique d'ambiance invite au farniente. Le soleil tape dur et l'eau turquoise de la piscine clapote doucement sur le rebord en mosaïque.

L'endroit est bien plus accueillant que son hôtel vétuste, haut perché sur le piton rocheux, près de la casbah du Glaoui. Après tout, il est en vacances ! Il serait plus agréable de loger ici pour mener à bien sa petite enquête.

Aussitôt dit, aussitôt fait. Il y a une chambre de libre ce qui est une chance en ce mois d'août. Il fait chercher ses affaires par un coursier de l'hôtel qui réglera sa note.

Puis, rien de tel qu'une petite pause au bord de la piscine avec un grand cocktail au fruits pour se remettre de ses émotions. Il a oublié les gosses agrippés au grillage et qui attendent son retour avec une ancestrale patience. Confortablement installé sur un transat avec son verre à la main il remarque avec discernement que le maître nageur est un homme sympathique et qui paraît particulièrement bavard. Cela tombe bien.

Le soir au bar.
Le maître nageur a troqué son maillot contre un pantalon blanc et un tee-shirt noir qui souligne son torse musclé. Renaud s'est approché nonchalamment du comptoir lustré et il lui a demandé un whisky. Il veut lui offrir un verre mais l'homme répond qu'il ne boit pas. Un thé à la menthe propose alors Renaud mais le jeune homme refuse encore. Cet échange de politesse a suffi cependant pour rompre la glace entre les deux hommes. En outre, il est encore tôt et il sont tranquille pour bavarder. Les touristes sont encore tous attablés au restaurant. Adroitement, Renaud amène la discussion sur les propriétaires de l'hôtel. L'homme est natif de Tineghir et connaît beaucoup de monde. Il ne se fait pas prier pour répondre à la curiosité de ce client sympathique.
- Le fou ? dit-il. Je ne vois pas… Il n'y a jamais eu personne sur ce terrain. Pendant des années ce périmètre a été déclaré zone militaire. Puis l'année dernière au mois d'août, des bulldozers sont venus. L'hôtel a été construit en quelques mois. Nous avons inauguré, il y a quinze jours à peine. Quelle fête !
- A qui appartient-il ? demande Renaud.
- A un général. Je ne connais pas son nom. Il est à Rabat avec sa Majesté le Roi.
- Et la légende ? ajoute le photographe à tout hasard.
- Moi, vous savez les légendes… Il faut demander aux paysans.

Il n'en apprendra pas plus. La conversation continue encore un peu mais elle est vite interrompue car le serveur est maintenant sollicité par les autres pensionnaires qui arrivent. Bientôt le bar n'est plus qu'une joyeuse pagaille. Exclamations et rigolades contre verres qui se vident et s'entrechoquent. Renaud s'envoie un autre verre et il s'en va se coucher en compagnie de sa seule ivresse.

Il faut se lever tôt le lendemain matin pour profiter de l'unique fraîcheur de la journée. Renaud a repéré un gamin dépenaillé d'une douzaine d'années qui fait la manche en proposant de surveiller les voitures sur le parking de l'hôtel. Renaud a besoin d'un interprète et lui propose une balade contre un billet. Le gosse ne se fait pas prier pour le conduire jusqu'au village.

Les maisons sont vides. Les femmes sont dans les champs. Ils ne rencontrent qu'un vieillard accroupi le long d'un mur. Un visage centenaire ridé comme un bout de liège. Il est immobile et ne veut pas parler. Le gamin alors l'invite à venir chez lui. Mais la maison est vide. Ils reviendront plus tard.

La journée s'écoule au bord de la piscine. Le soleil a rangé son dard brûlant derrière les montagnes rouges. Accompagné de son acolyte Renaud retourne au village. Cette fois-ci la maison est pleine. La mère et les sœurs du gosse sont là. Son père et grand-père aussi. Les femmes sont prématurément fatiguées, vieillies. Elles sont ravies de l'accueillir. Pour les villageois ces étrangers qui visitent la palmeraie sont une manne. Cet hôtel si proche les impressionne. On lui offre le thé servi sur un plateau d'argent. Leur seule richesse. Les verres sont brûlants. La menthe cueillie de la journée donne ce goût exquis au breuvage. Mais c'est très sucré. Renaud par l'intermédiaire du gamin n'a aucune peine à poser ses questions.

Il raconte qu'il est journaliste et qu'il désire écrire un livre sur Tineghir, sur son passé, et sur ses légendes. Ce mot réveille le vieillard rencontré le matin et qui les a rejoints. Il s'est installé dans un coin une pipe éteinte dans sa main déformée. Il réclame du tabac. Puis il entame d'une voix éraillée un long monologue sagement respecté par l'entourage.

Quand l'ancien parle personne n'ose l'interrompre. Il articule lentement avec effort. Il explique à sa façon les naissances, les morts, le travail, le repos et bien d'autres choses que les autres savent déjà. Chapitre par chapitre il raconte.

Au fil du récit les visages se sont tendus. A voix basse, dans le creux de l'oreille, le gosse traduit. Le vieillard autrefois a vu de ses yeux les statues de sel de ceux-là même qui avaient regardé le soleil en face. Il a vu les tribus se déchirer. Les guerriers se massacrer. Il a échappé aux génies qui dévalisent les caravanes aux heures sombres de la nuit. Et pour terminer, il est d'accord pour leur conter encore la fameuse malédiction des sorciers. L'histoire de ces barbus qui avaient condamné leurs enfants à l'immortalité. Parce qu'ils s'étaient aimés d'amour mais surtout de chair sans leur consentement.

Renaud tente d'expliquer à son tour que chez lui, en France, bien des gens vivent ensemble avant de se marier devant le maire ou le curé. Le vieillard lui répond que c'est un pays de païens. Son histoire est authentique. Il a connu dans sa prime jeunesse les deux sorciers en question. L'un avait une fille, l'autre un fils.
-Que sont-ils devenus ? demande Renaud.
- Ils furent condamnés à ne jamais s'aimer... A être immortels sans pouvoir user de l'amour et de ses plaisirs.

Les légendes courent à travers la planète et elles se ressemblent toutes, pense Renaud. L'amour, la haine, la religion, le pouvoir. Les voyageurs qui se transforment en sel lui font penser à la Bible. Et il se dit que dans cent ans sa visite sera transformée en celle d'un prince étranger qui distribuait des cigarettes d'or aux enfants.

On leur apporte à manger. Il reste avec ces gens formidables, d'un autre temps, jusque tard dans la nuit, à écouter les anciens. Puis les oreilles emplies d'histoires fabuleuses, il s'en retourne à l'hôtel avec son petit copain qui tombe de fatigue. C'est tout juste s'il ne doit pas le porter. L'hôtel est silencieux. Il monte dans sa chambre directement sans passer par le bar où d'autres boivent leurs économies. Il est fourbu.

*

Renaud reste trois semaines dans le coin.

Il se fait des amis partout et il ne s'ennuie pas une minute. C'est formidable. Mais Surprise reste introuvable. Il n'a aucune piste sérieuse. Il a rencontré quelques jeunes femmes du même âge. Mais aucune ne semble la connaître. En outre il ne sait même pas son nom et cela ne facilite pas ses recherches. Au cours de son séjour il fait un aller et retour à Marrakech sur deux jours. Il a pris un bus qui passe à la palmeraie. Il s'est rendu à la villa où il avait déposé Surprise lors de leur rencontre surréaliste. A sa grande surprise un docteur habite là depuis des années mais celui-ci est absent lui dit-on. Toutefois un domestique à qui il a donné quelques billets lui affirme qu'aucune jeune fille n'est venue l'année précédente à la même époque. Il est formel. Le vieil homme, corvéable à merci, ne quitte presque jamais la maison. Il paraît sincère mais comment être sûr que cet homme dit la vérité.

Ce séjour, malgré tout, lui fait un bien énorme. C'est comme un calmant. Le moral va mieux. Le physique aussi. Puis arrive le dernier jour.
Ses vacances, ses drôles de vacances sont bouclées.

Paris l'accueille sans enthousiasme.
Il bruine et il fait déjà froid. Son appartement est vide, toujours vide, et cela lui file le cafard. Pourtant il est bien décoré et bien étudié. Mais malgré cela il lui plaît de moins en moins. Dans le calme du sud marocain il avait retrouvé le sommeil. Mais ici, dès la première nuit toutes ses angoisses sont revenues. A peine son premier cycle de sommeil achevé il se réveille et tourne et retourne dans son lit sans parvenir à se rendormir. Son cerveau télécharge durant des heures des idées noires. Il s'endort épuisé à l'aube pour ensuite se réveiller pour aller au travail.
La solitude il n'y avait jamais pensé. Aujourd'hui quelqu'un lui manque.
Mais le tourbillon de sa vie quotidienne le capture dans son œil. Si cela ne gomme pas son mal de vivre cela l'aide au moins à survivre. Avion, hôtel, photos, téléphone, laboratoire, bureau,

patron et retour à la case appartement. Le feu infernal des ces jours interminables et tristes sans cesse renaît de ses cendres.

Certains soirs Renaud n'en peut plus. Il est attiré. Il a besoin de se perdre parmi la faune du quartier Latin. C'est connu. Les extrêmes s'attirent. Il se complaît dans cette ambiance trouble, où les noctambules paraissent vivre sur le rasoir, à la limite des règles établies.

Ce jour-là, un dimanche d'octobre, il pénètre dans un bar. Le vent du nord s'est levé. Il a oublié son blouson. Un café bien serré devrait le réchauffer. Dans le fond de la salle, agglutinés les uns sur les autres, Renaud reconnaît un groupe de punks. Ils sont comme des seigneurs habillés de leur élégance agressive et cloutée.

Poussé par son obsession il rejoint alors la grappe d'individus. Afin de savoir qui se cache sous ces maquillages outranciers il doit s'approcher de ces jeunes femmes. Ce n'est pas la première fois qu'il tente ce genre de manœuvre. D'ailleurs il s'est fait jeter plus d'une fois. Jusque là sans succès. S'il le fait encore c'est par pur réflexe mais il n'a plus d'espoir.

Il est tellement découragé, déprimé, que, lorsqu'il la remarque, il est incapable d'éprouver la moindre joie.

Il a tant rêvé de cette rencontre, d'une nouvelle chance. Il a eu tellement de temps pour se munir d'un préfabriqué de paroles, de tendres caresses à donner, de promesses à offrir. Il a imaginé un élan commun qui les aurait propulsés dès le premier regard dans les bras l'un de l'autre. Mais dans le fond de son émoi il sait que si elle avait désiré le voir elle connaissait son adresse.

Il reste donc immobile.

A force de la fixer, elle se tourne enfin vers lui. Elle détourne aussitôt les yeux avec un sourire fugace sur ses lèvres. Il sait que ce n'est pas pour lui. Un de ses copains l'attrape par le cou tandis qu'elle se penche sur une fille aux cheveux verts, vêtue d'un haut léopard et d'une robe noire qui traîne sur le plancher dans un ourlet de poussière d'une saleté incroyable. Sans doute, la dernière mode du caniveau, pense Renaud avec pitié.

Surprise l'observe. Il reste digne et malheureux.
Elle se lève soudain de son siège et le rejoint fière, encore plus belle. Elle a su rester différente des autres filles épouvantails. Le maquillage est moins grossier. Ses cheveux sont éclaboussés de henné. Sa tenue vestimentaire est moins tapageuse. En cette minuscule minute c'est tout ce qu'il peut capter.
Quant à sa vie, elle demeure un mystère…
- Bonjour toi !

Elle est campée à deux mètres. Comme si elle avait peur de lui. Derrière le groupe a aussi bougé. Ils s'apprêtent à quitter le bar. Ils repoussent les chaises bruyamment et passent devant eux. La plupart dévisagent Renaud avec animosité. L'un deux, un grand type avec un anneau dans le nez la réclame. Elle hésite. Elle fait un pas. S'arrête encore une fois et ajoute du bout des lèvres :
- C'est notre taule ici ! passe quand tu veux…

Elle disparaît dans une soirée qui lui appartient. Un mec, coude sur le bar, avec un air de vinasse débonnaire clame sur un ton entendu :
- Ces jeunes ! Ils ne s'emmerdent pas avec le travail. Ils sont tous les soirs ici. Et ils dépensent… Vous pouvez être sûr. C'est à croire qu'ils fabriquent la monnaie… Des parasites je vous dis… La plupart ont filé de chez eux et les parents ne savent pas où les chercher. Et quand ils les croisent dans la rue, ils sont incapables de les reconnaître. Quelle honte !
- Quel malheur plutôt... rétorque Renaud qui a horreur de ce genre de propos.
- Ils se foutent de leurs rejetons ! poursuit l'ivrogne

Renaud en a marre et tourne le dos au comptoir. Il s'en va.
- Ouais ! En tous les cas, la fille qui vous a accroché possède un boulot, continue goguenard le cafetier.

Il fait volte-face. Curieux de savoir lequel il demande bien trop vite :
- Que fait-elle ?

Le bonhomme part d'un grand éclat de rire. Avec la serviette à la main, le verre mouillé de l'autre et le ventre tendu en avant, aussi tendu que sa bêtise, il pouffe à l'adresse de ce dadais interloqué :
- Le plus vieux métier du monde. Tous les après-midi, elle rôde dans le quartier. Pour cinquante euros, elle est à vous !

Il en a trop entendu. Il ne les croit pas. Une fille seule et jolie qui se débrouille ne peut déclencher que de tels propos de la part de ce genre de connards. Il ne répond rien et tristement pousse la porte. Il est profondément troublé et s'accroche à de vaines suppositions.

Le lendemain, dès la sortie du bureau, Renaud se précipite dans ce café minable. Puis le surlendemain et les autres jours. C'est déjà un habitué. Le patron à tout compris. Dès qu'il aperçoit le photographe, il lui prépare le verre d'apéro. Toujours le même breuvage, la même dose. Un truc qui tape dur sur le cerveau. Pas bon marché non plus. Mais ce client a de l'argent. Plus que les autres pommés qui investissent régulièrement le comptoir. Le patron compatit au chagrin et il n'est pas le dernier à offrir sa tournée. On se tape dans le dos. On se raconte, on dit surtout beaucoup de conneries sur les femmes en général, sur l'amour, et sur l'humanité entière.

Chaque soir la petite assemblée guette le retour hypothétique de Surprise. Le patron reste attentif au va-et-vient à l'extérieur du bar. La suite de cette histoire l'intéresse. Entre deux clients, il surveille la porte d'entrée. Dès que le verre de Renaud est vide il le remplit aussitôt. Il sait que l'amoureux transi ne les compte pas et qu'il payera l'addition plus celles de beaucoup d'autres avec sa carte bleue. Une aubaine pour tous les soiffards du coin qui se sont donnés le mot. L'amour est généreux. Renaud est une figure. Une victime, mais bien plus que cela. Il est à leurs yeux une sorte de héros déchu. L'ivresse qui maintenant le berce de sa douce béatitude lui donne le courage de supporter la vision de cette porte qui ne s'ouvre jamais sur celle qu'il attend. L'alcool annihile sa timidité. Il donne à sa langue la mobilité de la conversation. Il s'est fait des amis. Il n'est plus solitaire. Les habitués le connaissent et le saluent.

- Et la petite ? Elle n'est pas là ?
- Pas encore…répond-il.

Ou alors :
- Elle est partie mais elle va revenir…

Les habitués du bistrot sont au courant. Le patron est bavard comme une pie. Mais Renaud s'en balance. Au contraire ! Il aime qu'on parle d'elle à tout bout de champ. C'est comme si elle était là.

La patience fait parfois des cadeaux. Surprise est là. Elle vient de pousser la porte. Elle est entourée de sa cohorte colorée et tourne le regard dans sa direction. Elle lui adresse un signe du menton. Pas plus !

Les jours suivants Surprise apparaît souvent. Elle lui adresse la parole en bonne copine. Elle lui offre à plusieurs reprises le verre de l'amitié. Un soir, elle le gratifie même d'une tape amicale dans le dos et lui demande de mettre des pièces dans le vieux juke-box. Elle lui réclame aussi cent euros car, dit-elle, elle est fauchée.

Renaud tient scrupuleusement les comptes de chaque marque d'intérêt qu'elle juge bon lui porter. Bien sûr il essaye de lui parler en aparté mais elle ne désire pas l'entendre.

- C'est fini ! explique-t-elle en virevoltant dans un éclat de rire cruel.
- Mais je t'aime ! Je t'aime !

Impitoyable, elle approuve le ricanement des tables et s'efface dans le trou de la nuit.

- Mais pourquoi t'obstines-tu ?  lui demande un poivrot sur l'épaule duquel il s'épanche.

- Son regard ! C'est son regard…

- Ben quoi ! Merde alors… Son regard ? Qu'est-ce qu'il a son regard à cette petite pute ?

Cette affirmation sonore est ponctuée par une  rasade de rouge et d'une bouchée de pâté bien grasse. C'est un dimanche. C'est deux heures de l'après-midi. C'est triste à chialer…

Renaud entame son sixième pastis. Lui aussi a commandé un sandwich. Mais il est encore intact dans son papier blanc posé à même le comptoir.

- Son regard ! Petit père… C'est celui qu'elle porte sur moi de temps en temps quand elle croit que je ne la regarde pas. Je suis certain qu'elle est malheureuse et qu'elle joue la comédie. Ses yeux dans ces moments deviennent aussi clair que la lumière de son pays.

- Ben quoi ! C'est une arabe !

Sans prêter attention aux réflexions stupides du clochard qui pue l'ivrognerie, il poursuit :

- Tout au fond d'elle, vois-tu, c'est un volcan de sentiments. Ce regard qu'elle porte sur moi, je le connais bien. C'est le même que j'ai sur elle vingt-quatre heures sur vingt-quatre. C'est pour cela que je m'acharne. Seulement je ne sais pas pourquoi elle me traite de cette manière. Mais je suis patient. J'apprends les vertus de la patience. Comme un putain de chinois !

Le clodo ne l'écoute plus. Il tente avec des doigts maladroits, tremblants, de rallumer un vieux mégot de cigare qu'il vient de ramasser dans la sciure au pied du bar. Renaud secoue la tête, dégoûté. Il ne peut s'empêcher de regarder ses propres mains. Elles sont encore sous son contrôle.

Il reprend son récit pour lui-même. C'est extra ,se dit-il, de parler d'elle…
- Tu sais pourquoi, je m'installe toujours ici sur ce tabouret ? Près du comptoir. Hein ! Tu sais pourquoi ?
- Non ! articule péniblement son compère d'ivresse.

Le mégot à moitié mangé, coincé entre quelques dents jaunies, et décoré de pâté refuse de prendre.
- Pour le miroir. C'est dans ce miroir que je l'observe. Que je peux surprendre son regard.

Mais l'homme parvient enfin à allumer son mégot et à tirer quelques bouffées. Il se désintéresse complètement des amours de ce type qu'il ne connaît pas. En a-t-il lui des chagrins de cœur ?

Et le temps passe. Noël déjà Noël.
Cette gent bigarrée s'est habituée à lui. Même le copain en titre de Surprise condescend à lui adresser parfois la parole. Il est devenu insidieusement leur toutou, leur commissionnaire. Ces gaillards lui extorquent son argent. Son banquier lui pose des questions sur son découvert quasi permanent. Et les bouteilles de whisky qu'il achète pour supporter ses longues soirées de solitude devant la télévision contribuent aussi au déficit de son compte en banque.

Les problèmes quotidiens, les relances de factures qu'il ne paye plus, loyers en retard, absences au travail pour cause de gueule de bois, voiture accidentée, laissée dans un garage, assurance non renouvelée, convocation chez un juge pour conduite en état d'ivresse et détérioration d'un abri d'autobus, ne réveillent en rien sa conscience. Fataliste, suicidaire, inconscient.
L'envie est partie. Sauf celle de retourner dans ce café minable et d'y guetter sa belle qui se fait rare. De plus en plus rare. Par contre, les punks y viennent chaque jour. Il est devenu leur fontaine. Son raisonnement est simple. Son argent c'est pour le groupe et donc pour elle aussi.

Un soir une bagarre éclate. Le patron est pris à partie par un des gars de la bande qui lui fait goûter la sciure du plancher. Son arcade est explosée, il pisse le sang et menace de porter plainte. Mais le meneur, le chef, l'ami Frank, l'ami en titre de Surprise est d'un naturel violent. Il le gratifie d'une gifle supplémentaire et il le menace de lui trouer la peau et de saccager en plus son établissement. Ils sont incontrôlables, déjantés et sont capables d'exécuter leurs menaces. Ils font la loi. C'est leur territoire.

Le cafetier a compris. Il s'écrase lamentablement et les verres de bière reprennent  leur danse incessante entre le comptoir et les tables du fond. La vie reprend son cours.
Surprise est fidèle à son image, ses réactions sont toujours aussi imprévisibles. C'est fin décembre et elle invite Renaud à venir fêter la fin de l'année dans leur squat. Mais deux jours avant le nouvel an. C'est pour eux une façon de se désolidariser de cette putain de société. Avec ses copains, sa famille, comme elle se plaît à le répéter, elle a proposé d'organiser une fête.

Il est déconcerté. Devant sa bouteille vide, il médite sur ce changement d'attitude. Une trêve ? Avec un début d'explication peut être ?

Le moment est venu.
Renaud enfile son blouson et se rend à l'adresse indiquée. Un immeuble condamnée à la démolition mais dont l'exécution tarde à venir sans doute pour des motifs administratifs. Pour la première fois il est admis. Lui et son carton de whisky sous le bras.
Devant la porte sans serrure, il a une hésitation. Puis, il pénètre dans ce trou à rats. Inquiétant. Un couloir encombré d'ordures ménagères. L'escalier en bois est à moitié écroulé. Les marches sont arrachées et elles présagent d'un effondrement prochain. Les murs sont tagués de graffitis orduriers par des artistes à la signature désespérée. Un tableau déchiré, incongru, sans cadre, est resté accroché par un mystérieux concours de circonstances.

Il représente un paysage breton un jour d'automne. Un tiers de paysage…

Au premier, il entend de la musique. Il croise une fille. Elle est en culotte et ne paraît nullement gênée par sa présence. Les pièces sont grandes. De nombreuses cloisons ont été abattues. Dans un coin, une salle de bain qui a perdu toute intimité offre la déchéance de sa baignoire bleu ciel. Elle est dépouillée de son cuivre et n'est plus que le pâle reflet d'un somptueux passé. Dedans, un grand type aux yeux vitreux y est vautré. Il fume avec délectation un pétard. Des sacs de couchages témoignent cependant d'une certaine organisation. A l'évidence c'est leur dortoir. Ils vivent ensemble. Même pour dormir... Ces fiers-à-bras ne sont que des bébés. Ils sont incapables de s'isoler dans des chambres. Ce sont eux qui ont foudroyé les cloisons de cet appartement pour conserver leur entité, leur bulle, leur famille.

Ils accueillent avec enthousiasme les bouteilles d'alcool. Un éphèbe, aussi longiligne qu'un bambou, habillé d'un tricot de peau et d'un pantalon en cuir rouge, rapiécé par des morceaux jaunes et bleus, lui propose un joint. Renaud n'a jamais fumé de l'herbe. La drogue effraye toujours les types de son espèce.
Surprise le rejoint et il retrouve instantanément son goût de la vie.
- Essaye ! C'est moins dangereux que ton pastis.
- Si tu y tiens ! répond-il n'osant rien lui refuser de peur de lui déplaire.

Il s'assoit à son tour sur un tas de couvertures. Il se concentre sur la façon de bien se tenir. Il s'agit d'être dans le coup. Mais ce n'est pas gagné. Il aspire profondément. C'est comme une cigarette parfumée. Surprise est allée chercher une bouteille. Elle lui tend un verre et se niche sur une caisse. Le menton sur les genoux. Le sourire qu'elle dépose sur lui est franc. Elle demande simplement :
- Tu es bien ?
- Oui ! Quand je suis près de toi, je suis toujours bien…

- Ce n'est pas ce que tu disais au début, tu te souviens ?

Il n'y a rien à répondre. Il se tait piteux. A son tour, elle prend le joint entre ses doigts et le porte à ses lèvres délicatement. Elle tire dessus. Longuement. Sa robe d'une autre mode, d'une autre époque, glisse et laisse deviner une jambe lisse, superbe. A cet instant, Frank s'approche, titubant déjà, brandissant une bouteille qu'il a déjà à moitié bue. Mais elle l'envoie promener sèchement démontrant que c'est elle ici qui commande. Renaud n'en revient pas. Il la pensait si frêle, si désemparée parmi cette bande et c'est elle qui mène la danse.

Les fêtes de fin d'année n'existent pas. Le 31 Décembre sera un jour comme les autres. Mais ce soir, ils ont du whisky. Surprise lui explique.
- Nous n'avons presque plus rien à fumer. L'herbe se fait rare. Tu comprends pourquoi ils sont contents de te voir.
- Et les autres saloperies, l'héroïne et tout le bordel, vous en prenez aussi ? demande naïvement Renaud.
-Ce n'est pas pour nous ! Pas encore...

*

Une guitare lance quelques notes hésitantes. Il en profite pour se rapprocher de la jeune femme. Elle ferme les yeux quand il lui effleure les cheveux. Le cœur du photographe accélère. Il a vu juste dans la glace du bar. Son regard ne l'a pas trompé.

Ils passent la nuit à écouter une musique éraillée sur un vieux phonographe à piles. Le reste de la bande, allongé sur les sacs de couchage, a fini par s'endormir. Ils cuvent au rythme de leurs ronflements. Dans le fond un couple ne dort pas et tente de faire l'amour. Sans conviction. Une nuit presque comme les autres…

Renaud est fatigué.
Il en a marre de cet endroit. Il propose d'aller respirer une autre ambiance. Dans une boite de nuit ou dans un restaurant. Sans

trop de conviction. Mais Surprise accepte. Honnêtement, il ne s'y attendait pas. Alors léger comme un pinson qui a vu sa cage s'ouvrir, il l'entraîne hors de ces murs lugubres.

- De toute façon, je suis libre, tu sais… Entièrement libre !

Comment devine-t-elle toujours le fond de sa pensée ? Cela demeure un mystère. Ils s'engouffrent dans un taxi qui ratisse la rue et aboutissent dans une boite des Champs-Élysées. Elle est pleine à craquer malgré l'heure matinale. Un slow se répand sur la piste. Il hésite mais c'est elle qui lui confisque la main. Il la tient si serrée qu'il a peur de sa réaction. Il ne sait pas s'il doit l'embrasser. Pourtant il en crève d'envie.

L'éclairage psychédélique recouvre leurs visages de masques multicolores. Ils déforment les traits en lignes grotesques. Ils se regardent longuement.

- J'aimerais tant t'embrasser…souffle-t-il.

Et le baiser dure toute la musique. Tendresse et désir. Pourtant, à la fermeture de l'établissement, la jeune femme refuse de le suivre. Il insiste mais Surprise se referme. Renaud craint de la brusquer. Il n'a nullement l'intention de gâcher ce qu'il vient de conquérir. Il l'embrasse donc gentiment et lui promet tout ce qu'elle désire. Elle retrouve le sourire immédiatement et s'en va silhouette fine et légère le long du trottoir.

Le téléphone le réveille quelques heures plus tard. Il est quinze heures. Son appartement est plongé dans l'obscurité car il a tiré les volets. Le chauffage a cessé de fonctionner. Il grelotte. A tâtons il décroche.

- Renaud ! C'est moi... Surprise. Je voudrais te voir. Je voudrais que l'on passe...

Sa voix hésite. Elle continue.

- J'aimerais que l'on passe une autre soirée comme celle-là. Mais rien que nous deux …

Il est ravi.

- On en parle ce soir au bar, d'accord ?
- Je ne serais pas avec les autres. Je vais m'absenter durant ces deux jours N'essaye pas de me chercher, tu ne me trouveras pas...

Il s'inquiète. Mais elle ne lui laisse pas le temps.
- On se donne rendez-vous pour la soirée du nouvel an à sept heures chez toi. Fais-toi beau !

Se reprenant, il exige des explications. Mais il ne peut rien en tirer. La communication est soudain interrompue. Perplexe il éclaire la pièce et se carre dans son fauteuil. Quelle est cette autre lubie ? Encore un jeu pervers... Que cela cache-t-il ?
Peu à peu l'inquiétude disparaît. Surprise lui a tout bonnement donné un rendez-vous. C'est un véritable rendez-vous avec des millions de promesses.
Il éclate de bonheur et d'énergie.

L'appartement est nettoyé, rangé, réorganisé, rajeuni en un rien de temps. Le vieux canapé est parti le lendemain matin pour un long voyage sans retour dans un camion d'Emmaüs. Un autre flambant neuf le remplace dans le quart d'heure suivant. Il sent bon le cuir blanc. Spacieux comme un lit, dans la seconde de son installation, il a transformé la pièce en un véritable piège d'amour.
Quand l'appartement est fin prêt, il s'observe dans le miroir du couloir. Si son banquier n'a pas fermé le robinet de son compte il pourrait s'octroyer un budget pour une remise à neuf de sa personne. La beauté des hommes est l'actualité à la mode dont parlent les revues. Pourquoi pas lui après tout ! se dit-il. Il en a sacrément besoin. Il s'est considérablement négligé ces derniers mois. La consommation débridée d'alcool a creusé son visage. Il a souvent oublié de s'alimenter. Il a pas mal maigri. Une faiblesse chronique alourdit sa carcasse. Les crises de désespoir qui l'ont harcelé contribuent à cette fatigue monstrueuse qui le courbe de jour en jour.

Alors il file chez le coiffeur qui taille à coups de ciseaux dans sa tignasse. Les mèches font tâche sur le carrelage. Quand la coupe est terminée il est toujours face à un inconnu. A cause de cette barbe broussailleuse teintée déjà de blanc. Cette barbe qui a poussé au fil de ces jours blafards parce qu'il n'avait plus le courage de se raser le matin. Par fainéantise d'alcoolique. Pour éviter aussi de se tailler quand le tremblement de sa main était trop fort. Alors, Mimi, la gentille coiffeuse, le rase et s'acquitte de cette tâche avec attention. Elle s'en tire correctement et son client retrouve enfin le sourire.

Puis muni d'une adresse qu'elle lui donne sur sa demande, il s'en va confier les impuretés de son corps à Martine, employée méticuleuse, dans un institut de beauté pour messieurs ramollis par le stress. Renaud se fait masser et parfumer. Quand il sort de ce lieu enchanteur il a dix ans de moins et surtout une belle note à payer. Mais l'argent n'est plus son problème.

Maintenant il s'agit de trouver l'habit qui collera parfaitement avec le lieu de la soirée en question. Le restaurant ? Il sait où il l'amènera. L'année passée son patron l'y avait convié ainsi que d'autres collègues. Beau cadre. Nourriture raffinée. Musique d'ambiance. Éclairage complice. Service feutré. Il téléphone et par chance il reste une table de libre pour le réveillon. Il ne s'intéresse toujours pas au prix. Mais par contre, lui dit-on, le smoking est de rigueur. Une heure plus tard Renaud écoute les conseils d'une vendeuse chez Cacharel. Un croisé bleu marine avec des revers en soie à crans aigus. Une splendeur en laine et mohair. Là-dessus une chemise en col coins cassés et un nœud papillon assorti à la pochette. Monsieur Humphrey Bogart dans ses grands moments de cinéma.

A dix-neuf heures précise, assis sur son beau canapé blanc, raide comme un piquet, il écrase sa cigarette dans le cendrier. Le verre en cristal est vide. Il a résisté et n'a pas attaqué la bouteille neuve de whisky. Il attend  anxieusement la sonnerie de la porte d'entrée. Une demi-heure de retard.

Son bel enthousiasme a besoin d'un verre pour se donner du moral, pour trouver une quelconque explication. A vingt heures, il est désespéré et défait ses chaussures neuves qui serrent. Il arrache son papillon qu'il jette sur le tapis d'un geste furieux. Lâchement il se sert un deuxième verre qu'il avale d'un trait. Le liquide coule le long de son menton et tâche le col de sa chemise immaculée. Il ne s'en est pas aperçu et il se sert un troisième verre qu'il dépose sur la table basse.

Le téléphone le surprend.
Il est crevé. C'est une fatigue nerveuse. Il répond et la voix de Surprise le remet d'aplomb aussitôt. Elle s'excuse pour son retard.
- Tu sais bien que je n'ai pas de montre… Écoute-moi bien ! Dans une heure je serais chez toi. Sois prêt !

Elle raccroche. Cela fait des heures qu'il est prêt. Il se ronge les ongles durant encore tout ce temps mais il a rangé la bouteille. Le verre plein est parti dans l'évier. A vingt-et-une-heures il descend. Il a remis son papillon et jeté sur son épaule son vieux manteau. Il fait froid et une petite pluie fine tombe sur Paris. Il se blottit sous un porche voisin de l'immeuble et attend scrutant avec attention les allées et venues de la rue.

Une voiture quelques minutes plus tard s'arrête devant la porte. Une portière s'ouvre. Sans hésitation il grimpe dedans. Il sait que c'est elle.
Il n'a pas réalisé qu'il est dans une  Rolls-Royce. Il a été aspiré de ce trottoir mouillé par une putain de bagnole de milliardaire. C'est comme dans un rêve. Comme dans un conte. Il est dans une autre dimension. Une portière s'est ouverte sur un monde qu'il ne connaît que par la télévision et encore…

Ce n'est pas la fille si amusante. Ce n'est pas la petite punk si déconcertante. Trop jeune pour être une reine c'est une vraie princesse. Cette sacrée distinction sociale à laquelle Surprise semble tant tenir. Ce statut royal qui alimente depuis le début de leur rencontre une partie de son mystère.

La robe qui l'habille est sublime. Un décolleté de rêve expose sans pudeur deux seins qu'il redécouvre. Les pierres précieuses qui bordent la chair nue brillent d'un trop bel éclat pour être du toc. Une fortune. La robe est noire, dans un style fuseau, ultra chic, super classe. Ce sont les qualificatifs qui viennent aussitôt à son esprit. Heureusement qu'il a acheté un smoking.

Lui qui espérait tant l'épater... Des escarpins vernis terminent ses jambes splendides gainées de soie. Et les cheveux d'une nouvelle coupe, un carré asymétrique, lui donnent une allure folle. Le maquillage fait jaillir ses yeux noirs et sous l'emprise de la joie qu'elle a, ils brillent autant que ses bijoux.

Elle pose le sac sur les genoux. Les mains sont les joyaux de sa personne. Les ongles sont peints en noir et les doigts couverts, chacun d'un petit diamant assorti à la robe, développent par leurs mouvements équilibrés, gracieux, précis, ce personnage de fée venu d'ailleurs. Renaud porte son attention sur les petits diamants. Diamants que l'on retrouve aux oreilles, autour des chevilles et des poignets. Tous les mêmes... Inestimables... Mais d'où proviennent-t-ils ? Et cette voiture ? Ce chauffeur ? Et même cette robe ? Un protecteur... C'est tout ce qu'il trouve comme explication rapide.

Il balbutie le nom de son restaurant au chauffeur mais celui-ci ne daigne pas répondre. Puis Renaud se tourne vers Surprise mais il est incapable de parler. Imperturbable, la jeune femme se contente de lui sourire et d'accentuer sa pression apaisante, sa caresse sur sa cuisse.

La voiture stoppe devant chez Maxim's.

- C'est moi qui t'invite, mon amour...

Comme un enfant, il descend de la limousine et se fait conduire émerveillé jusqu'à leur table. Le repas est excellent mais il ne mange que du bout des doigts. Il est dans un des lieux le plus en vue de Paris et il ne regarde que Surprise qui fait à l'évidence l'admiration de tous. Inconnue et si belle...

Durant le repas, ils ne parlent presque pas. Leur bonheur est intense. Ils vivent ce moment exceptionnel en dehors des marques du temps. Ils ont appuyé sur le bouton ralenti d'un film magique. Leurs mains sont unies.

Après les douze coups fatidiques, elle le conduit dans une boite de nuit à caractère très privé. Un de ces endroits fréquentés par les mêmes personnes richissimes. Le décor est phénoménal et le service hors pair. L'ambiance est décontractée, joyeuse, mais toujours avec une certaine réserve. On ne badine pas avec le savoir-vivre, pense Renaud qui a une pensée fugitive pour ses copains, les poivrots du bar qui doivent se taper des pizzas devant leurs bière moussante.

Ils dansent longuement. Dans le nuage irréel des slows, chaque baiser, excursion dans le désir, possède déjà le goût sucré salé de leurs futures étreintes de chair.

A l'aube c'est la Rolls qui les récupère. Elle trace en douceur dans la nuit et finit par se garer devant un palais de marbre perdu au fond d'un parc arboré. Un garçon en uniforme planté sur un tapis d'orient leur souhaite une bonne fin de nuit. Puis quand le lit d'une suite somptueuse engloutit dans le piège de ses draps de satin noir leurs deux corps nus, il comprend qu'il a rejoint enfin le jardin de Tineghir.

Ils font l'amour comme s'ils ne le faisaient pas. Ils font l'amour comme s'ils le rêvaient. Ils crient de plaisir, de bonheur, mais ils ont la sensation déjà ne plus être là. Le sommeil les prend. Ils sont réunis. Apaisés. Heureux.

Au matin, Renaud se réveille seul. La salle de bain est vide. La suite est vide. Il s'habille en vitesse. Il cherche Surprise partout. Il s'avère que le palais est un magnifique hôtel. Il ne croise personne hormis quelques femmes de chambre. Pas âme qui vive ! Est-il le seul client ? Dans le parc il n'y a que des pigeons sur la pelouse. Il se rend compte que rien n'a changé. C'est aussi compliqué. Surprise est fidèle à elle-même. Et puis d'où provient ce luxe outrecuidant ? Une pensée le tarabuste. Fait-elle, comme le prétend le type du bar, le plus vieux métier du monde ? Et le repas ? songe-t-il, encore. Le prix exorbitant de cette bouteille de champagne qu'ils ont goûtée du bout de leurs lèvres juste avant de se glisser dans le lit doit représenter un mois de salaire. Il y a aussi le prix de la chambre, s'inquiète-t-il brusquement. Il retourne à l'étage et réunit ses affaires.

On frappe soudain discrètement. Une charmante hôtesse fait son apparition avec un colossal petit-déjeuner. Il le touche à peine. Trop d'idées dans la tête. Il téléphone à l'accueil et s'informe au sujet de la note. Cela le tracasse. On lui explique que tout est payé. Il raccroche pensif. C'est logique. Il n'a pas vu, au cours de la soirée, une seule fois une note circuler, ni chez Maxim's, ni dans la boite de nuit, ni même ici. Tout a été organisé. Tout a été vraisemblablement réglé d'avance
Il a hâte de quitter ce lieu trop bien pour lui. Il n'y est pas à l'aise. A l'accueil, une employée l'intercepte :
- Monsieur Damier ! Monsieur Damier !
- Oui ! répond-il surpris.

Une lettre. Une belle et grande lettre.
Il se pose dans les profondeurs d'un fauteuil de cuir près du bar et se jette avec inquiétude dans ces feuilles parfumées, écrites d'une main légère. Une main qu'il a tant chérie et qui lui a écrit ce message.

*Mon amour*

*Ne cherche pas à comprendre avec ta pensée et ce que l'on t'a enseigné lorsque tu étais enfant. Je te conjure de me croire même si ce qui va suivre te paraît insensé.*
*Je ne t'ai pas aimé le premier jour, lors de notre rencontre dans la petite clairière de la palmeraie. C'est vrai que j'ai cherché à te séduire. Mais j'avais une raison : la mort...*

*Je désirais mourir. Et pour en finir, je devais par n'importe quel moyen ressentir l'ivresse du plaisir. Uniquement le plaisir. Même sans amour ! Et la mort devait alors me prendre.*

*Mon cher Renaud tu penses que j'ai seize ans tout au plus... Certes, mon corps te paraît jeune. Il est parfait et sa beauté lui permet toutes les audaces. Souviens-toi de notre nuit... Je n'ai jamais été aussi belle. Même autrefois... Oui ! Autrefois ! Car j'ai plus de cent-vingt ans. De longues et terribles années de solitude. L'année dernière quand tu m'as rencontrée, j'étais immortelle, prisonnière d'un sortilège. L'unique échappatoire, c'était la mort mais à une condition. Pour mes juges je devais disparaître ainsi. De la même manière dont j'avais déshonoré ma famille.*

*Ce jour-là j'étais parvenue au bout de mes certitudes. Je désirais réellement mourir. J'ai prévenu mes gardiens lorsque je t'ai vu te diriger vers la clairière. En un tour de magie ils ont préparé le piège où tu es tombé. Le destin t'avait désigné. Tu étais l'instrument de mon passage vers l'au-delà.*

*Si tu avais accepté de faire l'amour, le troisième jour, avec les drogues que nous avions avalées, j'aurais capturé ce plaisir insensé. Mon calvaire serait fini aujourd'hui. Tu n'aurais rien compris et tu serais reparti avec un rêve. Un étrange souvenir érotique.*

*Mais tu as refusé. Je me suis obstinée.*

*Je suis tombée amoureuse. A partir de cet instant, ma vie est devenue un supplice. Car si je venais vers toi, je me dirigeais aussi vers la mort. De celle-ci, je n'en voulais plus.*

*Combien alors, la punition de mon père est allée au-delà de ses espérances ! Je t'ai repoussé sans cesse. Je ne voulais plus me suicider et je désirais en même temps vivre à tes côtés. Sans avoir le droit de te toucher, de commettre l'irréparable, c'était trop dur. Des jours remplis d'amour et d'angoisse.*

*J'ai essayé de gagner du temps, de trouver une solution mais je me suis épuisée l'âme et le corps. Alors, j'ai pris une décision.*

*Vivre et mourir. Vivre une seule fois. En finir avec cette torture.*
*L'existence enclenchée de la sorte n'était pas tolérable.*
*Je ne supportais pas non plus cette évidence que tu vieillirais et*
*moi pas. Jamais un seul cheveu blanc ! Jamais une seule ride*
*creusée !*

*Je t'ai donc aimé. Notre nuit magique est finie. Cette adorable*
*nuit que j'ai décorée avec ces bijoux magnifiques qui déjà ne*
*m'appartiennent plus...*

*La mort doit venir me chercher. Je ne connais pas encore la*
*robe hideuse dont elle se sera parée. C'est là son secret. Aussi,*
*je retourne chez moi. Parmi les miens.*
*Fais traduire le petit livre vert qui est rangé dans la boite en*
*cuir. L'histoire de ma vie y est contée.*
*Je t'aime pour l'éternité. Adieu mon amour.*

\*

C'est un vieux professeur d'arabe à la retraite, à deux pas de la
boutique de son épicier derrière la place du Tertre qui lui ouvre
la porte. Ils se connaissent assez bien. Bonjour ! Au revoir ! Il
fait beau, n'est-ce pas ? C'est là leur seule conversation mais
qui est devenue à la longue un lien qui les unit dans un rapport
amical, de réserve et de timidité réciproque.
Il est extrêmement surpris de le voir sur son palier.
Poli jusqu'aux limites de son savoir exister, le vieil homme lui
tend une chaise qu'il a de la peines à déplacer. Il lui propose un
verre de quinquina malgré l'heure matinale. Il est onze heures
et il vient à peine de rentrer. Son panier à provisions est encore
plein dans la cuisine proprement rangée.
- Je ne vous vois plus chez l'épicier ? dit-il, manière d'engager
la conversation.

Le photographe explique qu'il a trop de travail. Il a chargé une
femme de ménage de s'occuper des courses. Il lui est difficile
d'avouer que sa vie bien réglée est finie. Foutue à la poubelle.

L'alcool a remplacé les tranches de bœuf et les légumes. Ses horaires ne sont plus ceux du vieux monsieur.

Mais devant le silence gênant du vieillard qui sirote son verre, il invente une maladie du dos. En récitant son mensonge, il se rend compte, en définitive, qu'il n'est pas si éloigné de la vérité. Comment appeler cette dépendance à l'alcool ? Cette maladie d'amour qui le courbe de plus en plus. Enfin il se décide à dire pourquoi il est venu.
- J'ai acheté ce livre aux puces. Quand j'ai découvert qu'il contenait un texte en arabe, j'ai pensé à vous… Vous pouvez m'aider ?
- Bien sûr ! J'ai passé ma vie à enseigner cette langue.

Les lunettes accrochées sur son nez bombé, il s'empare du livre et l'examine attentivement. Puis il s'exclame :
- C'est un manuscrit ! L'écriture est difficile et c'est curieux. Cela n'a rien à voir avec la religion comme on pourrait s'y attendre. On dirait un récit…

Il feuillette, il tourne les pages, lit la dernière, revient au début, scrute un paragraphe en fronçant les sourcils comme s'il ne comprenait pas. Enfin, il relève la tête. Un petit quart d'heure s'est écoulé.
- C'est assez compliqué… J'ai plusieurs heures de travail si je veux bien faire les choses. Il y a des mots qui échappent à mon entendement. Je dois chercher…

Renaud lui fait comprendre qu'il est gêné. Il ne voudrait pas l'importuner Mais le vieil homme est plutôt ravi de l'aider. Il s'ennuie. Pour une fois, il est utile, et c'est agréable. Il se lève et malgré ses quatre-vingt-cinq ans, il se penche sous la table pour en extirper une machine à écrire d'un autre temps. Il peine pour la soulever. Renaud s'empresse de l'aider.
- Pour la traduction… Je veux bien faire les choses. Et puis, s'excuse-t-il, ma main tremble un peu.

Son œil brille à l'idée de se mettre déjà au travail. Il poursuit :
- Revenez ce soir, mon jeune ami ! Revenez ce soir...

Puis il l'oublie. Renaud sort discrètement. Il fait attention de ne pas claquer la porte d'entrée et rentre chez lui. Il est perplexe. Cette histoire d'éternité, de sortilège, de mort… Quelle est donc cette invention ! Cette fille est folle. Chaque fois elle invente un truc nouveau pour l'épater. Et lui, grand couillon, il se consume à petit feu pour elle. Où est elle partie maintenant ? Il a envie de pleurer.

Il ouvre avec fureur le meuble du salon et sort la bouteille de whisky. Assis sur le canapé blanc qu'elle n'a même pas vu, il relit pour la dixième fois cette surprenante lettre. La seule vérité qu'il retient, c'est qu'elle est retournée à Tineghir.

Le soir venu, il se rend chez le professeur. Il est accueilli par un autre verre de quinquina. Quand Renaud lui pose la question qui lui brûle les lèvres, le vieillard lui répond qu'il a acheté un conte inédit des « Milles et une nuits ». Une sombre histoire, explique-t-il, de sorciers et d'enfants maudits.

Méticuleusement, il a tout tapé à la machine à écrire. Il lui tend les feuilles dactylographiées. Renaud est tenaillé par l'envie de les lire pour enfin comprendre qui est réellement Surprise et accessoirement retrouver sa trace.

Mais le vieil homme est bavard. Pour une fois que quelqu'un lui rend visite. Il évoque le quartier, les gens qu'il a l'habitude de rencontrer chaque jour. De l'épicier et de son chien, du boucher et de la commère qui tient le kiosque à journaux au croisement. Le professeur a ouvert la vanne d'une parole trop longtemps retenue. Bref ! Renaud ne réintègre ses pénates que vers vingt-et-une heures. Accompagné de son verre, d'un sandwich acheté dans la journée et qu'il avait oublié sur le frigidaire, il entame enfin sa lecture.

*

« Une jolie fillette protégée par la fraîcheur de l'oasis, riche du confort de son père, vit un beau jour son paradis se transformer en enfer. Son père, cet homme qu'elle aimait mais qui lui faisait si peur paradoxalement, ce père que tant de gens admiraient et qui le sollicitaient pour être soigné, conseillé, cet homme grand sorcier et détenteur de secrets, avait exigé qu'elle épouse un homme très riche et surtout horriblement âgé. Le mariage était prévu pour l'année suivante. Il n'y avait rien à redire. La jeune fille n'avait d'autres horizons que la soumission, l'obéissance, elle n' essaya donc même pas d'être rebelle à ce projet. C'était comme ça depuis la nuit des temps.

D'autant qu'elle connaissait un jeune homme qui accompagnait son père, sorcier lui aussi de son état, et qui, depuis des années, venait régulièrement rendre visite au sien. Enfants ils avaient eu la permission de jouer ensemble mais lorsque le garçonnet était devenu un séduisant jeune homme et elle bien sûr une très belle jeune femme, Arou, car c'était son nom, lors de ces visites, était confiné sur la banquette de la maison, dans la pièce principale, entouré des épouses de leur hôte, et de sa ribambelle d'enfants, devant un thé à la menthe pendant que leurs pères échangeaient leurs produits, astuces et recettes sulfureuses.

Ce garçon était comme un fruit sec qui n'avait pas encore mûri. Lorsqu' il accompagnait son père Arou se fichait d'attendre des heures coincé parmi toutes ces femmes car à l'écart sur un pouf l'ancienne compagne de ses jeux le dévorait des yeux. Elle était l'aînée de cette fratrie.

Arou possédait des traits d'une extrême finesse et ses vêtements étaient ceux d'un notable. Les paysans quand ils le croisaient le saluaient bien bas. Déjà, chuchotait-on, le jeune homme avait reçu quelques-uns des secrets qui faisaient la réputation de son inquiétant de père : le sorcier des gorges du Todrar. Arriva un beau jour où les deux sorciers et barbus eurent tant à faire qu'il fut trop tard pour reprendre la route des gorges. Occupés à déchiffrer un grimoire ils n'avaient pas vu le temps passer et ne voulurent pas sortir de leur antre avant d'avoir fini de décrypter cet ancien manuscrit.

Les femmes firent donc manger le jeune Arou et constatant que la nuit avançait elles lui désignèrent une place sur la banquette pour passer la nuit.

Quand tout le monde fut endormi ce qui devait arriver arriva... Arou entraîna en promenade romantique la belle innocente qui n'attendait de son côté que cette occasion et la fit sienne sur un lit de sable en bordure de l'oued.

L'histoire dit que le silence de la nuit se fit un malin plaisir de porter aux oreilles des sorciers les gémissements que l'étourdie laissa échapper. Prompts comme des diables ils se précipitèrent et surprirent les amants enlacés, émergent lentement à la réalité du monde d'où la jeune fille avait tenté de s'échapper le temps de quelques caresses éphémères puisqu'elle était promise à un vieillard qui avait déjà fixé la date du mariage.

La colère des deux sorciers fut terrible. D'une violence inouïe, décuplée par la rage et leur puissance. Arou fut cinglé par le fouet et attaché à un arbousier jusqu'au matin. La jeune fille, terrorisée, traînée par les cheveux, fut conduite sous une tente à l'isolement. Le mariage fut annulé. Les sorciers tenus par leur même folie, sous l'emprise de la drogue qui parasitait leur sang, usèrent sur ces enfants de leurs plus vils pouvoirs à seule fin de laver l'offense comme il se doit.

Quand la religion et les croyances les plus dépravées habitent sous le même toit, les punitions qui s'ensuivent sont toujours les plus odieuses.

Le pardon étouffé au plus profond d'eux-mêmes, rien ne devait troubler l'ordre établi par le ciment de la tradition. La magie, les incantations, les rituels nocturnes, les diatribes avec la lune, les suppliques adressées aux démons des entrailles de la terre pour condamner les amants à l'immortalité et à l'abstinence ne furent que lot quotidien.

Ils les enfermèrent dans un coin reculé de la palmeraie et ils les abandonnèrent à leur triste futur. Ne jamais vieillir et ne jamais aimer sous peine de mourir aussitôt. Liés par cette mort latente, afin de maintenir l'équilibre, et survivre dans cette éternité, ils furent dans l'obligation de s'éviter, de s'ignorer, pour ne point être tentés, vitriolés par la désespérance, pour ne pas succomber au malin plaisir de la chair.

Si l'un trahissait la règle avec une tierce personne pour en finir avec la vie, le sort de l'autre étant lié par ce maudit sortilège, ce dernier mourait aussitôt dans les plus brefs délais.

Tant que les fautifs aimèrent l'existence, la punition fut légère. Les deux immondes sorciers avaient fait en sorte que ce lieu oublié, d'où il était impossible de s'enfuir, soit un bienheureux jardin, où le confort leur serait toujours attribué. Ils eurent donc à disposition des domestiques, une nourriture soignée, de beaux vêtements, des bijoux, des jeux, de la musique, tous les plaisirs sauf un … le principal. Celui du plaisir de chair.

La punition ne devait revêtir sa signification que lorsqu'un des deux se fatiguerait de cet éternel quotidien, quand l'un des deux aspirerait à la délivrance. Dès ce moment-là, les anciens amants d'une nuit deviendraient des ennemis. Et si l'un se destinait à en finir, l'autre vivrait dans l'angoisse et ferait tout pour empêcher pareille fin tragique. Quant à mourir ensemble en réitérant une autre nuit d'amour, ce n'était plus envisageable. Pour ça il aurait été nécessaire de s'aimer un tant soit peu. Or les jeunes gens, au long de ces longues et ennuyeuses années s'étaient éloignés l'un de l'autre, chacun accusant à tort l'autre d'être responsable de ce malheur. C'était tout juste s'ils se parlaient.

L'amour dans ce conte-là n'avait existé qu'une nuit. Cet amour-là avait été celui d'une jeune fille innocente et désespérée.

Si elle avait succombé si facilement aux assauts courtois de ce compagnon d'enfance, cela avait été davantage par dépit, vis à vis de son futur mariage, que par amour.

Par contre pour le jeune Arou, il était évident, qu'elle n'avait été qu'une simple conquête. Il n'avait vu là qu'une opportunité pour flatter sa virilité.

Il n'avait donc eu de cesse de maudire son géniteur qui avait subi l'influence de son compère et qui n'avait pas eu le courage de lui éviter ce châtiment. Que la jeune femme, qu'il n'avait pas violée, car la malheureuse avait été consentante, soit punie pour sa légèreté cela lui semblait juste. Dans l'ordre des choses. Elle n'était qu'une femme ! Les jeunes filles qu'il séduisait au cours de ses voyages ne méritaient aucune grâce à ses yeux. Mais en sa qualité d'homme, de petit mâle, le châtiment qui lui avait été infligé lui apparaissait particulièrement injuste et déplacé.

Le père du garçon éprouva du remord mais dans l'incapacité d'annuler le sort jeté, il préféra se retirer, vivre en ermite sous la protection du mont Toubkal jusqu'à ce que la mort veuille bien faire son office. Mais pour les amants d'un soir, le malheur était inscrit en lettres épaisses dans le chapitre de leur destinée. Car l'instigateur, le père de la jeune fille, resta acharné dans son courroux et se fit le surveillant de la prison le restant de sa vie.

Quand enfin ils s'éteignit très âgé, les jeunes gens qui n'avaient pas vieilli d'un seul jour, purent sortir du fameux jardin. Mais n'ayant aucun autre endroit où aller, étant coupé des réalités du monde, ils décidèrent d'un commun accord de poursuivre cette cohabitation en implorant le ciel que la magie veuille bien un jour cesser. »

Renaud laisse échapper les feuillets sur le tapis. Cette histoire étrange aurait-elle réellement un rapport avec Surprise ? Il veut une explication rationnelle. Mais il ne trouve rien.
Il est encore dans ses pensées quand la réalité se manifeste par un appel téléphonique. Un collègue demeuré fidèle lui reproche son absence et l'invite à déjeuner. Il se force pour être aimable, trouver une excuse bidon puis raccroche. Une heure plus tard il est à l'aéroport avec juste un sac. Quelques affaires... Un billet

pour Marrakech dans les mains. Il désire en avoir le cœur net. Et si tout était vrai ! Et si tout était vrai !

*

Il arrive le lendemain à Tineghir. Il s'est offert les services d'un grand taxi. Une vieille américaine qu'il a louée à prix d'or pour être l'unique passager. Il n'a pas marchandé. Il dépensera son dernier centime pour retrouver Surprise.

Le vieil hôtel sur la colline est fermé pour travaux. Désemparé, il demande au chauffeur de l'attendre jusqu'à ce qu'il revienne. Il doit trouver au plus vite son petit copain. Il ne sait pas où il habite mais c'est indispensable. De tous les gamins c'est le plus dégourdi. Si une la jeune femme est arrivée récemment il est forcément au courant.

Il revient bredouille. Le taxi est là, fataliste garé sur le parking vide. Il lui demande de le conduire au nouvel hôtel. Peut-être Surprise s'y est-elle installée mais cela reste improbable. Elle doit se cacher ailleurs. Quelle a été sa réaction en voyant qu'à la place de son jardin il y avait maintenant un hôtel, un monument de briques, de béton et de verre, climatisé.
Et si tout cela n'était qu'une histoire vraie ? Un drame hors du commun.

C'est le maître nageur qui lui annonce plus tard :
- La petite brunette avec des yeux d'enfer ? Oui ! Depuis hier… Je nettoyais la piscine quand elle est arrivée en courant à travers la pelouse. Comme si elle arrivait de la rivière ! Comme si elle avait sauté le grillage derrière l'hôtel !
- Où est-elle ?

La réponse tarde. Il ne se souvient plus très bien.
- Au village je crois... Elle n'est pas ici. Faudrait vérifier avec l'hôtesse d'accueil…

Renaud s'en va aussitôt. Sans interprète, mais peu importe ! Les enfants se débrouillent assez bien en français et ils grouillaient dans la palmeraie. Avec un peu de chance il retrouvera son petit copain qui lui fait tant défaut.

Surprise est là, tout près. Cette fois il exigera des explications. Les dernières…

Mais le douar est vide.

Les habitants travaillent encore aux champs. Les maisons sont ouvertes. Ici il n'y a pas de délinquance. Il pousse la porte de la première et à tout hasard appelle la jeune femme. Les mouches sont les seules à manifester leur présence. Il a chaud et la sueur dégouline le long du nez. Du revers de sa manche, il s'essuie le visage, et le coton blanc devient gris. La réverbération du soleil sur la chaux blanche des murs lui fait mal aux yeux. Pas une once de fraîcheur. Il est oppressé. Il est parti trop vite. Sans chapeau. Bien sûr il est presque en état d'hypoglycémie. Il n'a rien dans l'estomac depuis des heures.

Un tas de grabats attire son attention. Un bruit plutôt. Comme si quelqu'un se cachait. Il se précipite et escalade les ruines. Rien que des ordures, des bouts de ferraille tordue, des bouteilles en plastique crevées. Un sac de cuir. Il se penche et la terre entière explose.

Quand il reprend conscience, il est allongé sur le dos. Le ciel est blanc. Il a mal partout. Un homme est penché sur lui et le détaille avec attention. Cet homme c'est lui. Il se regarde lui-même. Il délire. Les pierres et les détritus lui entament la chair du dos. Ce conglomérat est brûlant. La température avoisine les frontières de l'enfer. L'homme est toujours là. Il est bien réel. Il se redresse avec un drôle de sourire. Il lève haut dans le soleil quelque chose de sombre et son bras retombe. Renaud ferme les yeux avant de recevoir le coup. C'est fini.

Le noir et la fraîcheur. Le monde est un monde noir. Mais il est frais. Respirer est un bienfait. Alors il a l'idée d'ouvrir les yeux.

Non ! La lumière lui fait mal. Il entend des chuchotements. Des voix qui se disputent. Elles se penchent sur son visage. Il ouvre les paupières, décidé de les maintenir quelques secondes malgré le picotement désagréable. Les larmes  promettent d'envahir ses joues.

Une femme hideuse mais très jeune. Une autre sans âge, vêtue d'une robe longue blanche. Une musulmane, le visage couvert le regarde avec des yeux ronds. Son voile qui s'est détendu lui passe sous le nez. Il est tout mouillé par la transpiration et la salive qui perle de ses lèvres quand elle parle. La main qui s'attarde sur son front est calleuse. C'est une main de paysanne et son sourire est encadré de rides profondes. Elle ne possède presque plus de dents. Pas assez riche pour s'offrir de l'or dans la bouche. Au milieu du front et sur le menton, les tatouages de sa tribu.

Il ouvre et referme les yeux plusieurs fois. Pour l'instant c'est l'unique préoccupation de son esprit. Puis quand le problème du regard qu'il pose autour de lui est réglé, une angoisse folle lui étreint la gorge. Qui est-il ? Ah oui ! Renaud… Mais où se trouve-t-il ? Ces femmes que font-elles à son chevet ? Et aussi le jour ? Quel jour est-il ? Il a peur. Très peur… Il pousse alors un long sanglot. C'est un nouveau-né jeté brutalement hors de son couffin, de la chaleur des draps protecteurs, de l'odeur qui le rassure.

Les femmes essayent de le calmer mais il ne comprend rien à leur langage. Elles sont incapables de lui apporter la moindre réponse. Il est maintenant debout. Chancelant mais résolument quillé sur ses jambes. Il est sous une tente. Il sort aussitôt.
Des dunes énormes. Ce sont de véritables montagnes de sable jaune, balayées par un vent sifflant. Il contemple incrédule les vagues de poussière qui coulent sous la poussée des tourbillons. En contrebas il y a d'autres tentes semées par-ci, par-là. Des dromadaires méprisants attendent l'heure du départ. Il est dans un village de nomades, de berbères. Mais qu'est-ce qu'il fiche

dans ce pays ? Son travail ! Son bureau ! Un visage lui revient. C'est celui d'un type disgracieux qui l'engueule sans arrêt... C'est son patron. Par contre, il a oublié ce qu'il doit faire. Cette dispute n'est pas vieille. Il est question du nouvel an.

Blotti dans des coussins rustiques et qui puent la chèvre, il se répand en sanglots. Il est complètement anéanti, sonné. Il se repose inlassablement la même question. Mais la réponse n'a aucune espèce d'importance car dès qu'il envisage une bribe d'explication il l'oublie aussitôt. Il est sans doute atteint d'une amnésie légère et n'en a nullement conscience. Il redemande pour la centième fois quel jour c'est. Et dans la seconde qui suit l'idée de cette réponse qu'il attend se perd dans son cerveau sinistré. De toute façon personne ne comprend ce qu'il dit.

La vieille femme qui inlassablement avec des mots inconnus lui répond avec une patience d'ange est restée à ses côtés. La plus jeune est repartie mais il n'en a aucun souvenir. Il est seul au monde, perdu dans le désert, avec une horrible sorcière qui refuse de lui répondre.
Les pleurs recommencent. Le sommeil l'enlève pour un temps. Mais dès son réveil, il retrouve ce monde fabriqué de questions orphelines.

Les jours passent. Renaud discerne à peine la notion du temps qui s'écoule. Il est un égaré mental. Un matin, les tentes sont démontées. Les dromadaires sont chargées. La nuit les happe. Les étoiles leur montrent la direction. Ils sont une longue troupe silencieuse et disciplinée.
Le voyage lui paraît court mais cette sensation est erronée car le souvenir lui file entre les doigts. Des visages nouveaux passent devant son regard absent. On lui donne la main pour passer les endroits difficiles. Mais c'est la même femme qui s'occupe de lui.
Il est Renaud Damier. Il se souvient à présent de son nom. Il est français. Il vit aussi à Paris. Il prend des photos. Des milliers de clichés.

Les jours continuent avec la chaleur et le silence qui écrase tout. Le soir c'est le meilleur moment. On lui donne à boire du thé à la menthe. On lui prépare aussi à manger. Maintenant il se risque parfois autour du campement en de longues promenades. Quand il cherche dans les tiroirs empoussiérés de sa mémoire il déniche des négatifs. Barrages en construction, couvertures de blés à perte d'horizon, montagnes et collines, forêts, cascades, villes recroquevillées sur ses étendues de béton, routes perdues. Pas d'animaux. Très peu d'hommes... Il est trop haut pour les distinguer. Il y a surtout le visage d'une fille. De cette divinité qui fait signe d'avancer.

Un soir, autour du feu de camp, un homme s'approche et lui tend une main chaleureuse.
- Qu'Allah soit avec toi ! Je constate que tu vas mieux et j'en suis heureux.

D'entendre quelqu'un parler enfin sa langue lui donne une bouffée d'énergie. Un relent d'espoir.
- Bonjour ! Bonjour ! Vous me connaissez ?
- Par Allah oui ! C'est moi qui t'ai ramassé. Tu étais perdu dans la campagne. Tu semblais torturé par le délire qui t'habitait. Tu étais salement blessé à la tête et tu crevais de soif. Tu marchais pieds nus. Rien sur la tête et rien sur le dos. Tu étais dépouillé complètement. Ceux qui t'ont agressé t'ont laissé le pantalon et je me demande encore pourquoi ? Tes voleurs devaient être des femmes !

Et il éclate d'un rire retentissant.
- Je parlais ? J'ai raconté quelque chose ?
- Tu étais très malade. Tu répétais que tu avais échappé à ton assassin. Qu'il te poursuivait encore mais qu'il fallait se méfier car l'assassin c'était toi ! Peut-on s'assassiner soi-même ?
Et dans un autre éclat de rire il poursuit :
- J'étais pressé. Je suis marchand. Je devais me rendre au souk. Je t'ai donné les premiers soins et je t'ai confié à ces nomades. Maintenant je te demande comment tu vas ?

- Bien ! Je crois... Je crois que je vais mieux. Quel jour sommes-nous ?
- Le 25 du mois. Nous sommes un vendredi. C'est le jour du marché ici. Pourquoi cette question ?

Renaud digère péniblement la nouvelle.
- Le 25 janvier ?

Cette fois la cascade de rire est monstrueusement grossière. Calmé, il parvint à dire.
- Le 25 mars... Qu'Allah soit témoin ! Tu as la tête vraiment tarabiscotée...

Le marchand se lance ensuite dans une grande discussion avec les hommes de la tribu. Les flammes du feu dans les yeux, Renaud refait dans sa tête le chemin à l'envers. Le bouchon vient de sauter. La mémoire fonctionne. Le gros marchand en a été le catalyseur. Surprise ! Le Jour de l'An ! La nuit magique ! Le retour vers Tineghir et le petit sac de cuir. Et enfin le coup terrible qu'il a reçu sur la tête.

Il parcourt le désert depuis trois mois. Traîné d'un campement à un autre. Il saisit en un éclair tout ce que sa disparition a dû déclencher. Son travail, ses amis, ses parents... Il est porté certainement disparu. Il a quitté la France sur un coup de tête. Il n'a prévenu personne. Même pas sa concierge. Il n'a plus d'argent et plus aucun papier.
Longues palabres. Il faut qu'il retourne à Paris. Le consulat de France. C'est l'unique solution pour être rapatrié. Le marchand n'est pas un homme pressé. Il ne prend la route que deux jours plus tard. Renaud s'attache à sa personne. Il a carrément peur d'être abandonné dans ce trou perdu.
Sur le chemin du retour, dans le premier bourg important, il se précipite dans le premier local de police. Il insiste vainement pour tenter d'expliquer sa position. Il demande la permission de téléphoner en France. Mais les fonctionnaires se sont enfermés dans un mutisme dédaigneux. Il cesse alors de les importuner. A

leurs yeux il est fou. Cela est évident. Il n'est qu'une espèce de vagabond bourré de drogue et qui se débat sous un ciel gris de plomb.

Puis c'est Marrakech, le consulat, les papiers... Le téléphone et très vite l'avion...
Enfin Orly avec son éternel mauvais temps. Bien sûr il n'a plus rien. Avant de passer à l'embarquement il s'est rasé dans les toilettes. Il ne s'est pas reconnu... Ce visage amaigri aux joues creuses et au regard brillant, ce n'est pas lui. C'est un autre. C'est l'autre...

Devant l'immeuble de son appartement il a une hésitation avant de frapper à la porte du concierge. Il n'a pas les clefs de chez lui. Il entend un bruit de chaise renversée, un juron, ce qui prouve qu'elle n'a rien perdu de son langage imagé, et, la porte s'ouvre. Fait curieux, elle ne paraît nullement étonnée de sa présence.
- Monsieur Damier ! Que désirez-vous ?
- Pouvez-vous me prêter le double des clefs de l'appartement ? J'ai perdu les miennes et maintenant que je suis de retour il m'en faut des nouvelles. Je vais en  commander un trousseau chez le quincaillier.

Elle fixe sans comprendre.
- Vos clefs ? Pourquoi donc ? Vous n'avez plus besoin de clefs maintenant.

C'est au tour du photographe de ne plus saisir.
- Et...Et la raison ? demande-t-il abasourdi.
- Mais... votre appartement. Il y a trois mois que vous avez déménagé. Vous l'avez rendu au proprio. Vous vous êtes même disputé avec ce  pauvre monsieur pour la caution alors que vous saviez bien que les dégâts de la salle de bain l'année dernière...

Elle continue de parler d'arrangements, de plâtre, de carrelage à remplacer. Renaud n'écoute plus... Il est largué. Il a rendu son appartement...
- Et les meubles ?
- Vous n'allez pas bien Monsieur Damier ?

Sa question est-elle idiote à ce point ? Il répond :
- Je suis malade... J'ai oublié... Excusez-moi.

A le voir pâlir de la sorte, elle a un dernier sursaut de patience. Elle n'a jamais été commode. Il se doute qu'elle le croit saoul.
- Mais vous avez tout emporté Monsieur Damier. Vous-même avec un camion que vous avez loué. Tout ce chambardement pour les vendre aux puces. Même le canapé blanc.
- Le canapé neuf ?
- Oui ! affirme-t-elle avec un vif reproche dans la voix.

Elle poursuit :
- Au fait l'Amérique c'est comment ?

Sans attendre la réponse, elle lui claque la porte au nez. Il reste là, pensif, assommé, sur le palier. Ses jambes ne le portent plus. Il s'assoit sur les marches en marbre. Il n'est pas bien. Il a envie de gerber. La pluie commence à tomber. Le flic flac des gouttes sur la verrière de la cour intérieure lui fiche le moral dans les chiottes. Une tonne de cafard s'abat sur ses pensées. C'est une montagne d'emmerdements qui vient de s'écrouler sur lui. Le peu d'argent que le consulat lui a avancé est quasiment épuisé. Il file aussitôt à sa banque.

La jeune stagiaire, l'unique personne qui ne l'a jamais vu, lui dit avec un sourire glacé, après avoir consulté son ordinateur, et après avoir examiné longuement le papier portant l'en-tête du consulat, que son compte est soldé depuis trois mois. Et que les chèques sans provisions qu'il continue d'émettre avec le restant des chèques leur causent beaucoup de soucis. Plusieurs milliers d'euros d'après la police.

Paniqué, avant même, que la femme n'appelle un responsable, Renaud s'enfuit de l'agence. Il bouscule une petite dame sur le trottoir qui le regarde effarée. Elle le prendrait presque pour un braqueur. Le monde s'écroule. Il n'a jamais eu aussi honte de sa vie. Il est certain qu'à l'instant le commissariat du quartier a été prévenu de sa visite.

Il se précipite sur les lieux de son travail. Devant la porte de l' agence, sous les lettres dorées du sigle de la société, il hésite. Puis, son courage dans les poings, il se dirige vers le bureau de son patron. Il frappe.
- Que voulez-vous Damier ? Manquez pas de culot !
- Je voudrais vous expliquer…

Il croise le regard d'un ancien copain qui se tient debout. Il est derrière une table dans la pièce. Lourd de reproche…
- Foutez-moi le camp ! Dehors ! Votre démission est entérinée. Vos propos, Damier, sont là.

Et cet homme si calme les autres jours pointe un index vengeur sur son front rouge poivron.
- Que je vous dise aussi ! Inutile de chercher un autre boulot dans la profession… Vous êtres brûlé ! Tant que je serais là. La photo pour vous c'est fini. Salut !

C'est la débâcle. Renaud se sauve comme un criminel.
Que s'est-il passé durant son amnésie ? Qui est ce type qui de toute évidence se fait passer pour lui ? Qui lui cause tant de torts ! Quelqu'un pendant ces trois mois a rendu les clefs de son appartement, a vendu tous ses meubles, vidé son compte et pire encore, il a envoyé promener son patron.

*

Il téléphone à plusieurs copains. Mais il devine à travers leurs hésitations qu'aucun n'a envie de l'aider. L'un d'eux, pourtant

entre deux portes lui prête un peu d'argent. C'est tout ce qu'il peut faire. Renaud passe sa journée à quêter chez l'un ou chez l'autre où on lui sert les mêmes fausses excuses. Toujours les mêmes rengaines, les mêmes visages fermés. Il n'est plus rien. L'autre a tout démoli, tout brisé. L'immense salaud ! enrage-t-il. Qu'a-t-il dit ? Qu'a-t-il fait pour que ses amis le battent froid de cette manière-là ?
Cette mouture est un véritable démon, sans scrupule.

Il contacte sa mère. Elle est âgée. Malade. Elle ne comprend rien et ne cesse de lui demander s'il se porte bien. Il répond oui. Avant même d'avoir pu poursuivre, elle lui reproche de ne pas manifester signe de vie plus souvent. Il n'ose continuer. Cette discussion est pénible. Il raccroche avec un goût d'amertume dans la bouche. Son enfance a encore du mal à se cicatriser. La communication a duré trois minutes.

Pendant plusieurs jours, il déambule dans les rues. Il a pris une chambre miteuse dans un hôtel du quartier Latin et il est passé au café. Les punks ne sont plus là. Leur squat a été détruit. La construction d'un square et d'une fontaine a déjà commencé. Renaud ne reconnaît que le clochard à qui il offre un verre. Il a besoin de vite oublier l'homme qu'il est devenu.
- Le chômage ! Petit gars ! Le chômage !

Le lendemain, crevé, il pousse la porte de l'agence nationale pour l'emploi. L'employée lui réclame ses papiers. Il montre ceux du consulat et se perd en explication bafouillée. Il articule difficilement lui qui est si disert en tant normal. Il a honte d'être là devant cette emmerdeuse qui le toise d'un air composé. Il est sans argent, sans travail, sans papier et sans appartement. Il est nu.
- Je ne peux rien faire ! énonce-t-elle sans la moindre once de commisération.
Renaud reçoit ce fait comme un jugement qu'il n'accepte pas. Il crie car il en ressent le besoin violent. Il profère des injures. Il fait un tapage de tous les diables. Il veut se prouver qu'il n'est

pas fini, qu'il détient encore quelques ressources. Il s'enquiert du bureau du directeur. Patiemment, retenant les tremblements qui agitent ses mains, il défend son cas. Il relate par bribes son étrange histoire.

- Puisque vous avez donné votre démission de votre plein gré vous n'avez droit à rien. Ou presque…

- Mais puisque je vous affirme que ce n'est pas moi ! C'est un usurpateur, un sosie qui a fait le coup.

- Alors il vous faut porter plainte.

Renaud implore, use de sa dernière carte.

- Soyez sympa ! Téléphonez à mon patron... Demandez-lui ce qui s'est réellement passé. Moi, il m'a fichu dehors avec pertes et fracas sans que je sache pourquoi.

Le directeur a de l'empathie. Ce n'est pas à cause de son métier mais c'est parce que c'est sa profonde nature. Il soupire et prend le combiné. Renaud s'est levé. Il est tendu comme un arc. Il essaye de deviner ce qui se dit et scrute le visage du directeur avec angoisse. Cet homme aux cheveux blancs, costume bleu marine et cravate grise sur col blanc, hoche la tête, en ponctuant par des petits « oui » dubitatifs. A la fin, il reposa le téléphone.

- Il me faxe le double de votre lettre. Vous n'avez pas été très correct avec lui !

Il lui raconte le fin mot de l'histoire. Renaud serait donc parti après avoir subtilisé dans le laboratoire de la société plusieurs appareils photos de prix avec du matériel professionnel. Une plainte a été déposée ainsi qu'une autre par des commerçants pour escroquerie. Le brave homme compatit à son malheur et lui conseille de se rendre au commissariat le plus proche. S'il est dans son droit il ne risque rien, l'encourage-t-il naïvement.

Dehors, Renaud se fraye un chemin désordonné parmi le flot des passants de la pose déjeuner. Il est anéanti. Ses gestes sont ceux d'un automate. Aller chez les flics. Pas question ! C'est la garde à vue qui l'attend. Le reste de la journée, il marche. Ses pas guidés par le hasard. Le cerveau mangé par les hésitations. Il se masturbe l'esprit durant des heures. Il n'est pas un voyou. Il est une victime. La société doit lui porter secours. C'est un bon citoyen. Il a toujours payé ses impôts. Il est impensable qu'il aille au trou.

Quand le soir tombe, quand la faim tenaille, que la soif assèche, que les pieds enflent, il accepte enfin sa défaite. Il est fatigué. Sans espoir. Il se rend au poste de police le plus proche. Il n'est pas un criminel. En théorie la justice est l'une des quatre vertus cardinales. A ce titre il se plaît à croire qu'il peut s'en remettre à elle. Les portes se referment derrière lui.

Commissariat…Inculpation… Jugement..
Douze mois de prison avec sursis dont trois fermes. Il s'en tire bien mais il est écœuré. Personne ne l'a cru.

Aujourd'hui il est dehors. Sur le trottoir. Sa vie a bifurqué. Où aller ? Il a appris ce matin que sa mère avait été transférée dans un établissement gériatrique, antichambre de la mort. Un de ces endroits où le cri désespéré de celui qui attend qu'on le relève, quand il est tombé au pied du lit, reste sans appel. Voilà où sa mère a atterri tandis que lui-même croupissait derrière le mur d'une prison !

Il lanterne dans le quartier. Il a acheté avec le peu de monnaie que le greffier de la prison lui a restitué une bouteille chez le première épicier venu. Il pleure surtout sur la mort de sa bien-aimée. Cette certitude douloureuse lui triture la respiration de ses sentiments. Il a eu le temps de réfléchir aux tenants et aux aboutissants de cette dégringolade. De l'étrangeté de toutes ces journées. De ces mystères jamais éclaircis. De cet irréel campé à chaque carrefour de cette tragédie.
Renaud possède cette conscience de savoir qu'il surnage dans un torrent déchaîné. Dans une tranche de vie excessivement dure mais en même temps unique. Il a vécu une drôle d'histoire. Ce n'est pas le bon mot. Plutôt une singulière histoire. Un conte

ouvert à l'entendement de tous ces enfants qui ont déjà perdu leur innocence. Où les malveillants l'emportent souvent sur les gentils et les naïfs.

Cette soif de percer la véracité de ce conte absurde le reprend. Déjà à la bibliothèque de la prison il avait réclamé des livres à ce sujet. Comble d'humour, sur les rayons il n'y avait qu'une majorité de livres policiers.

Avant qu'il ne soit trop sale, avant que la rue ne lui prenne sa dignité vestimentaire il se rend un matin à l'institut du monde arabe. Il plonge avec timidité dans le silence feutré des grands murs de verres. La prison en fin de compte, c'était bien. Il a eu tout le temps de penser qu'à sa chère disparue. Maintenant il doit penser aussi à sa survie. A la bibliothèque, dans les pages d'une époque où le temps n'existait que par sa lenteur, il lit le Maroc ancien.

Il veut la confirmation. Il cherche une histoire... Au terme de son découragement, il en trouve une qui ressemble vaguement à la sienne. Comment savoir avec certitude ?

Il referme le bouquin de cuir et soupire longuement. Il se frotte les yeux. Il est crevé. L'ombre de la jeune femme plane sur le silence de la salle de lecture. Renaud s'est fait une raison. Il est certain de la mort de sa chère Surprise. Une intuition sans faille lui affirme que chaque ligne de cette confession écrite, chaque mot, chaque lettre, chaque trait abandonné par cette plume dit la vérité. Un texte qui est établi suivant des règles d'une autre dimension, d'une autre compréhension, d'une autre vie.

Il traîne durant des jours et des jours.

Il retrouve quelques connaissances du bar. Faisant fi de sa honte il a commencé à faire la manche pour se payer à boire. Mais les verres au comptoir sont trop chers. Il fait comme les autres et achète du gros rouge avec ses pièces jaunes. Entre deux cuites, un compère l'introduit auprès d'autres camarades d'infortune. Une clique de paumés, d'oubliés, réduits à l'état lamentable de clochards, avec chacun une histoire en bandoulière. Couchés sur un carton devant le marché fermé, le chien enroulé autour de leurs pieds. Le regard des passants bien au-dessus.

Renaud passe les diplômes de la rue avec succès. Il a vomi sur le trottoir sur un passant innocent. Il s'est fait ramasser par une patrouille pour tapage sur la voie publique. Il s'est battu avec des jeunes et trois chiens qui ont transformé son pantalon en guenilles. Il a volé un paquet de bières dans une épicerie de nuit et il s'est fait courser par le vigile.
Le cercle privé des clodos l'a donc pris en tutelle. L'histoire de ses malheurs est trop compliquée. A la longue, ils l'ont affublé d'un surnom « le barjo». Ils ont cessé de lui poser des questions sur le pourquoi et le comment de sa déchéance.

A force, de se languir, de se torturer l'esprit pour élaborer un début de solution, sortir de cet enfer, de n'avoir de goût à rien, il pense sincèrement que le plus simple serait d'en finir avec l'existence. D'accéder ainsi par cette voie si fréquentée au noir bonheur du néant immobile.

Quand un romantique aime, que ses sentiments sont confisqués, que plus rien ne le console, le gouffre est proche. Il est dressé face au vide de sa vie. Il a juste besoin d'une sacrée dose de courage pour oser faire le dernier pas.
Acculé, il doit s'inventer une excuse digne pour se sauver. Pour accepter surtout sa lâcheté. Pour dire non, pas maintenant !

\*

Cette dérobade, il la doit à une rencontre. Devant un cinéma qui se dégorge. Simone, cette fille qui, une nuit, a partagé un plaisir fugace au creux d'un même lit. Simone aux ongles jaunes, aux attitudes un peu vulgaire, cette vendeuse pas très jolie qu'il a envoyé promener quand il était en Espagne.

Renaud l'a bousculée. Son regard s'est posé sur lui mais elle ne l'a pas reconnu. Un clodo est invisible. Sauf quand il gueule sur un trottoir après la société. Il s'est excusé avec une voix cassée. Heureusement ce soir-là il n'est pas encore ivre. Son cerveau est clair. Simone est seule parmi cette queue de cinéma, seule dans la vie. Avec étonnement il est encore capable d'éprouver du désir.

Simone n'a pas été dupe. Elle a eu le tac d'ignorer sa dégaine de traîne misère. Elle lui a quand même donné sa nouvelle adresse.

Un silence gênant les oblige dans une attitude réservée. Renaud est partagé. Il voudrait rester avec elle. Se griser de son parfum. Se perdre dans son sourire timide. Enfouir son désespoir dans la tiédeur de cette opulente poitrine chaude. Mais pour autant la honte submerge son attirance. Car il sait qu'il pue même si lui ne se sent plus... Il est laid. Il a des difficultés d'élocution et il a du mal à se tenir en équilibre. Il bafouille une dernière phrase et prend la fuite.

Pendant des jours il rêve du corps enrobé de cette femme qu'il a méprisée. Aujourd'hui, c'est une reine. Devant le cinéma il a croisé son regard. Il a réalisé quel genre d'homme il est devenu et son front s'est piqué d'un fard révélateur.
A bout de résistance, il fait un effort magistral pour se rehausser sur la première marche de la société. Une bonne idée a germé. Il a été condamné à tort pour le vol d'appareils. Puisqu'il a fait injustement de la prison, et pour que la boucle soit bouclée, il devient légitime, se dit-il, de commettre avec un effet rétroactif l'objet de sa condamnation. Par cet acte illicite il se positionne en bonne conscience avec la justice. Et puis, il se remémore le bon vieux dicton : « Mieux vaut tard que jamais ! »

Une nuit sombre, avec une pioche que des ouvriers de la voirie municipale ont oubliée près d'un trou, il brise le cadenas de la grille métallique d'une boutique qu'il a repérée. Sans se soucier du bruit occasionné, il fait volet en éclat la vitrine et s'empare sans l'ombre d'un remord de deux appareils photographiques. Puis, à pas comptés, il prend la fuite tranquillement. Comme s'il avait fait cela toute sa vie ! Puisqu'il a été condamné déjà pour ce vol, curieusement, il s'imagine qu'il ne risque plus rien. Pourtant, une voix lui susurre qu'il est cinglé. De plus ce tour joué à la société, l'amuse trop. Au point où il en est, il n'en a cure…

Étrangement, ce n'est que lorsqu'il est hors de danger que la peur se manifeste. Cette rage démesurée qui lui a procuré cette force, cette sûreté de geste, cette assurance est une découverte. Il comprend comment, jour après jour, un être peut s'endurcir. Il entrevoit le chemin perfide qui mène jusqu'à l'irréparable. Il suffit d'une étincelle, d'un mauvais geste ou d'un manque de chance, d'un mot provocateur, d'une incommensurable fatigue, d'un désespoir sans lendemain ou d'un simple réveil sans avoir quelqu'un avec qui partager son café.

Mais l'idée ne s'arrête pas à ce vol minable pour la réalisation de son projet. Il s'est acoquiné avec une fille qui se prostitue. Il la connaît du temps qu'il fréquentait le bar. Il sait qu'elle n'a pas de mac. C'est une fille indépendante. Il va la voir et lui soumet son idée. Par chance elle trouve là un intérêt particulier, un petit supplément non négligeable à son ordinaire. Dès le lendemain, après un semblant de toilette à la gare Montparnasse, il part à la chasse aux touristes chinois et autres, à ceux qui fréquentent les rues chaudes de Pigalle et qui cherchent à s'offrir les faveurs d'une « fille » de Paris. Il leur propose sur le trottoir le service de sa partenaire avec un plus... Une séance de photos de qualité pour immortaliser leur expérience parisienne. Il n'a rien trouvé de mieux, de plus honnête. Avec du matériel volé il ne lui reste que les clichés interdits. Ce commerce est risqué mais la réalité du marché le guide dans cette vénale direction.

Ainsi, chaque jour Renaud s'en va, son appareil en bandoulière, à la recherche de clients potentiels. Discrètement il les accoste avec les photographies aguichantes de la starlette en question. Après avoir essuyé quelques dizaines de refus, statistiquement, il s'en trouve toujours un qui veuille tenter cette expérience peu banale.

Ces hommes au sourire constant, car ce sont pour la plupart des clients asiatiques qui acceptent, et même quand ils sont nus, au comble de leur délire devant l'objectif froid de l'appareil, ces hommes sont des clients généreux. Pour éviter les embrouilles, Renaud leur vend ensuite les photos qu'il télécharge sur leur portables à la fin de la séance,

Il partage ainsi ses bénéfices avec sa partenaire et réalise aussi des clichés plus conventionnels. Un de ses clients, ravi de ses services, lui a même demandé, le lendemain de l'accompagner avec ses amis de voyage, de les photographier au cours de leurs promenades à travers les rues de la capitale. Le salaire correct qu'il a reçu lui a fait comprendre qu'il pouvait privilégier cette façon de faire. Ce qui lui permet d'élargir son champ d'action. Il peut attaquer plus franchement les clients, avec d'abord des propositions honnêtes puis suivant l'ambiance par d'autres plus osées. D'un autre tarif. Il est évident que les amateurs sont prêts à payer plus cher pour réaliser cette expérience si « française ».

Renaud possède maintenant un modeste revenu. Pas beaucoup, mais suffisamment pour cesser de coucher dans la rue. Il achète aux puces des vêtements de bonne facture, plus présentables et mange normalement.

*

Sa conscience s'accommode de cet arrangement professionnel avec cette amie du trottoir. Il n'est pas un proxénète. Juste un photographe déchu qui ne paye ni impôts, ni taxes. Et pire sans identité. Il loue une chambre délabrée, sans chauffage, sous un toit fatigué à une vieille friponne qui ne se doute pas ou qui ne veut rien savoir sur ce qu'il trafique.
Cette obstination à s'élever est gouvernée par une idée fixe. Revoir Simone. Il a retrouvé sa vigueur. Son envie de posséder

une femme. Sa copine prostituée ne lui a jamais fait d'avance. L'idée ne l'a pas effleurée. Elle est une simple associée tenue uniquement par l'intérêt. Entre leurs désespoirs respectifs il n'y a pas eu de passerelle.

A-t-il oublié sa chère Surprise ? Simone n'est qu'un but... Un corps à atteindre. Une ligne blanche qui termine un marathon dont il est l'unique concurrent. Il redresse la tête. Il est comme un joueur de tennis blessé qui trouve dans la dernière balle la force de renvoyer, de faire vaciller l'adversaire et de le battre au filet.

La rencontre qui paraît fortuite ce dimanche de décembre a été programmé de toutes pièces. La scène se déroule comme il l'a imaginée. Ils bavardent dans le coin calfeutré d'un café sombre. A une table voisine, des anglais discutent âprement devant une bouteille de Vouvray. L'appel de ce liquide légèrement pétillant le perturbe quelques instants. Cependant il s'est juré de ne pas sombrer. Il commande un Perrier. Les paroles coulent lentement et très efficacement de sa bouche. Il ne boit rien de son verre. Il a le trac. Simone le dévore des yeux en buvant doucement sa bière avec des claquements de langue après chaque gorgée.

Il lui raconte n'importe quoi. Il a laissé son emploi, dit-il, pour travailler à son compte. Photographe de mode. Elle acquiesce d'un air entendu et lui rétorque que l'important c'est d'être son patron. Renaud n'a aucun plaisir à la berner. Il n'est pas encore pourri comme le lui répète le miroir de sa chambre le matin.
La jeune femme répand sa naïveté comme un paquet de sucre éventré. La joie brille dans ses prunelles. Elle est heureuse de ces retrouvailles et elle entrevoit des jours de moindre solitude. Renaud analyse cyniquement le contenu de ses propos de miel. Il est devenu si bon menteur qu'il s'en étonne lui-même.

Deux jours plus tard il dort dans le lit de Simone et le troisième il craque et lui raconte de bout en bout sa déplorable aventure.

Son amour pour Surprise. Sa disparition définitive. Mentir sur une longue distance demandait trop d'énergie.

Mais l'effet de sa confidence n'a rien de catastrophique. C'est même le contraire. Ce qui manque à Simone c'est s'occuper de quelqu'un plutôt comme une mère, comme une infirmière. Et de temps à autre comme une maîtresse.

Renaud se livre sans arrière-pensée aux soins de cette femme. Il se fait dorloter, se fait nourrir avec un plaisir évident. Dans le grand lit rose orné de dentelles qui n'est pas fait pour accueillir les ronflements d'un mâle, leurs exploits physiques ne sont pas sensationnels. Mais ce n'est pas important ni pour l'un, ni pour l'autre. Ils recherchent respectivement le salut, un échappatoire au quotidien dérisoire. Simone désire une présence. Lui une barricade pour se protéger contre l'alcool et le froid de la rue. Ils puisent l'un dans l'autre ce qui manque à chacun.

Renaud s'est fourvoyé. Il pensait sincèrement que Simone et sa bienveillance chaleureuse pourrait lui faire oublier Surprise. Sa détermination farouche à vouloir redevenir un homme digne se dilue dans la monotonie du couple.

Le verre qu'il se permet de temps en temps se transforme en n'importe quoi. Pourvu que le cerveau ne puisse plus penser !

Au début il boit lorsqu'il est seul. Il cache les bouteilles sous l'évier ou dans la salle de bain. Quand Simone s'en aperçoit et qu'elle réalise qu'il n'est qu'un poivrot invétéré, elle le fiche dehors à la suite d'une violente dispute. Elle a eu peur. Renaud a tout brisé dans la petite cuisine de poupée.

Il se réfugie dans un hôtel sordide. Il n'a que quelques billets sur lui, ses appareils et un sac avec un pantalon, deux chemises. Bonjour la cloche !

Le surlendemain, Simone vient le chercher et le ramène chez elle. Reconnaissant, repentant, il devient câlin. Il la déshabille, lui fait l'amour violemment. Le lit grince. Musique rouillée, déglinguée. Les ressorts se mêlent aux gémissements du plaisir factice de Simone. Elle est une virtuose de la simulation. C'est un bout de femme courageuse. Elle désire ardemment ramener son homme à la raison. Elle encourage son amant qui se dévoue à la besogne.

Renaud observe cette femme remettre son collant. Lâchement il dévie son regard quand elle se retourne vers lui. Le souvenir de Surprise le prend au dépourvu. Comme un coup de poing dans l'estomac. Une bouffée de haine et de désespoir le jette sur le lit. Il pleure le visage enfoui dans l'oreiller. Simone s'allonge à côté de lui, caresse ses cheveux et tente de le réconforter.
Elle se méprend sur ces pleurs. Où fait-elle semblant d'ignorer la véritable cause de cette détresse juste pour se préserver. Elle lui parle à l'oreille comme à un gosse. Elle se plaît à croire que sa peine est liée à sa dépendance pour l'alcool. Elle lui assure qu'elle sera là pour l'aider à s'en sortir. Qu'elle lui pardonne !

*

Après cet épisode, les jours sont longs, tristes, régulièrement identiques. Quand Simone est à son travail il reste seul dans l'appartement. Tiraillé par ses émotions il tourne en rond dans cet espace réduit, ces murs tapissés de blanc, entre ces meubles de femme célibataire et ces bouquets de fleurs séchées.
Pour tuer l'ennui, et pour effacer les images obsédantes de son cinéma permanent qui le ronge, il recommence en cachette son commerce crapuleux. Il n'a presque plus d'argent et il supporte difficilement de mendier pour s'acheter un journal.

Mais il n'est pas malin.
Simone découvre le pot au rose et pose un ultimatum. Plus de photos pornos et plus de halte prolongée au bureau de tabac qui sert aussi des bières au comptoir ! Ou bien alors c'est la porte. Il n'est pas question, clame-t-elle, d'aller le chercher une autre fois dans un hôtel minable.
Renaud opte pour la sécurité. Il vend son matériel. Le soir un éventail de billets de banque dessine une fleur sur la table jaune

de la cuisine. Il a déposé son argent liquide avec la fierté d'un gamin qui a touché sa première paye. Il l'invite au restaurant. Elle est crevée. Sa journée, un samedi de clients en folie, a eu raison de sa vitalité. Mais Simone n'en laisse rien paraître et accepte dans un sourire forcé. Elle lui réclame en échange une demi-heure féminine pour une douche. Elle farfouille dans son armoire extirpe une jolie robe noire. Devant la coiffeuse elle se maquille et râle en abondance. Comment faire pour atténuer ces cernes sombres sous les yeux sans éclat, ces rides qui creusent les tranchées de sa fatigue. Elle ferme son regard et remet une bonne couche sur son masque désespéré de femme fatiguée.

Ils font la fête jusque tard dans la nuit. C'est à dire ils jouent la comédie. Ils ont bu que de l'eau mais ils font semblant d'être ivre. A l'image des mortels dont ils sont, ils rêvent d'un avenir meilleur. Ils inventent des projets irréalisables. Ils évoquent un job pour lui dans un laboratoire qui se monte dans le quartier.

Une semaine plus tard, il décroche un entretien avec le DRH de cette nouvelle société. Malheureusement toutes les places sont retenues. Il est complètement démoralisé et reste collé à l'écran d'une télévision insipide. Il se remet à boire du vin rosé. Au cours d'une de ces innombrables soirées où rien ne se passe, hormis le petit écran, une dispute, pour une banale question de programme, et c'est l'ouragan conjugal.

Reproches. Cris. Pleurs. Injures. Puis comble de violence... une gifle sur la joue baignée de larmes. Simone est défigurée par la trahison injuste. La bouteille de rosé, vide, renversée au pied de la table est une signature.

Elle atteste de l'authenticité déplorable d'un bonheur dévasté.

Renaud est malheureux. Ses actes sont ficelés par sa mémoire. Il est incapable de se soustraire à son passé. Il n'accepte pas sa déchéance. Quand il était photographe il avait de l'argent, il voyageait.

Aujourd'hui il n'est plus capable de subvenir à ses besoins les plus élémentaires. Il est fini. Cette idée l'habite. Elle lui donne soif. Les disputes sont de plus en plus nombreuses. Envie de boire insatiable qui déborde et qui se transforme en un torrent dévastateur.

Un soir de juin, après les reproches d'usage, il s'enfonce dans le Paris obscur. Il arpente le trottoir humide. A la recherche de ses chimères noires.
A l'aube, il se présente au carrefour au bas de l'appartement. Il est épuisé. Il est resté des heures à contempler l'eau noire de la Seine. Les ramasseurs des poubelles entament leurs concerts fracassants. Renaud le visage souillé d'une saleté inconnue, les cheveux plaqués par une pluie fine et glacée, se trouve soudain en face d'un clignotement bizarre. D'une démarche hésitante, il s'approche et se rend à l'évidence. C'est une voiture de police stationnée devant l'entrée de l'immeuble. Son cœur s' emballe car une telle bagnole à cette heure matinale c'est toujours de mauvaise augure. Il voit à travers le voile de sa soûlographie un deuxième engin garé sous le porche. Un camion rouge avec un conducteur au casque d'argent. La porte du véhicule s'ouvre avec un grand fracas. Dans une bousculade de bottes noires, de blousons de cuir empesés, il aperçoit une civière vide. Il suit le cortège avec une certaine difficulté car la tête lui tourne. Mais l'ascenseur est déjà là-haut. L'idée de le prendre ne l'effleure pas. Quand il parvient enfin à se hisser au quatrième étage, il constate que la porte d'entrée est enfoncée. Il entend les jurons, les ordres et le cri de la voisine. Quelque chose vient d'arriver à Simone.

Il n'a pas le courage de rentrer et demande à l'un des policiers qui se trouve en faction sur le palier ce qui se passe.
- Un suicide ! répond ce dernier laconique, habitué des drames nocturnes.

Renaud les yeux vitreux, dans un sursaut de dignité demande :
- Qui ?
- Une certaine Simone Barthélemy.

Dans un sursaut d'énergie avant de tourner de l'œil, il parvient à articuler un son ignoble et déformé. C'est une question :
- Comment ?

La petite vendeuse s'est suicidée au gaz. Elle a baissé la porte du four de la cuisinière, s'est mise à genoux, elle a ouvert le robinet et elle a enfoui la tête à l'intérieur. Au préalable, elle a avalé un tube entier de somnifères.

La voisine fait alors irruption. Elle l'apostrophe violemment et ses paroles couvrent la parlote officielle autour de la défunte.
- C'est vous ! C'est à cause de vous qu'elle s'est tuée. Espèce de salaud ! Ivrogne !

Le policier la prie fermement de réintégrer son domicile et de laisser tranquille son voisin. D'ailleurs un commissaire fait son apparition et lui intime de le suivre à l'intérieur pour répondre à quelques questions. Renaud évite de regarder du côté de la cuisine mais Simone est empaquetée. Avec son ticket pour la morgue. Sur le carrelage, il y a un chapelet qui s'est brisé dans une dernière révolte. Sur la table un tourne-disque a cessé de tourner. Personne n'a eu la curiosité de regarder le titre de la chanson. Comme si l'on se fichait de la musique qu'elle aimait et qu'elle a voulu entendre pendant qu'elle s'éloignait de la vie.

Le zip de la housse en plastique qui se referme sur le cadavre ouvre alors à l'improviste la vanne de son estomac. Il vomit la totalité de son désespoir nocturne. Ce qu'il a ingurgité lors de son errance. Le commissaire s'est levé en jurant. Il était assis en face et il a tout pris sur le pantalon. Dans la salle de bain il tente de se nettoyer mais c'est pire.
Il écourte l'entretien et il convoque Renaud au commissariat le lendemain.

*

Il n'a versé aucune larme lors de l'enterrement. L'argent dont elle disposait a servi pour l'achat du cercueil et régler les frais des obsèques. Les parents se sont déjà renseignés à la banque pour récupérer le peu qui reste sur le compte. Les meubles sont enlevés le surlendemain. Singulière famille qui ne se manifeste que le jour de la mise dans le trou de leur fille…

La propriétaire est une femme bienveillante. Elle est disposée à céder la location de l'appartement à Renaud. Elle propose de modifier le bail et de baisser le prix car elle connaît la situation de précarité du photographe. Mais il n'a rien. Pas un centime. Il refuse poliment, boucle son sac et se réfugie dans l' hôtel pourri où Simone était venue le rechercher un an auparavant.
Elle croyait au prince charmant. A ces histoires sentimentales dont elle s'abreuvait à la bibliothèque du quartier. Elle jouait le rôle principal dans une comédie d'amour, d'argent et de beauté. Indispensable à son quotidien, ce rêve n'a pu la retenir.

Et c'est le macadam.
Renaud replonge dans une errance qui le dévaste rapidement. Il pourrait tenter de refaire son petit commerce mais le cœur n'y est plus. La prostituée qui posait a été agressée par un malade mental. Sa beauté plastique est en attente d'un bistouri. Elle a échoué à l'hôpital de la Salpêtrière. Il est inutile de lui rendre visite. En outre il n'a plus d'appareils photos. Se risquer encore dans les péripéties d'un vol est au-dessus de ses forces.

Le remord le taraude, l'aplatit encore plus bas dans le ruisseau. Renaud porte le poids du suicide de Simone. Il lui a fait croire qu'elle pouvait être aimé. Il lui a fait croire qu'elle pouvait être regardé différemment. Puis il a fermé la porte à double tour. Il a jeté la clef au fond d'une carafe à vin. Le prince charmant a tué la princesse qui rêvait derrière sa caisse enregistreuse. Il s'est joué d'elle pour avoir un toit. Un sein sur lequel pleurer. Il a menti. Car il avait déjà offert son âme à une autre princesse qui peut-être n'avait jamais existé.
Cette fois, il est bien retombé.
Une glace teintée d'une boutique lui retourne son image. Celle d'un homme flétri. Il a sale gueule. Dégoûté, il se perd dans un

échafaudage complexe de problèmes sans solution. Il essaye de retarder l'échéance fatale de la beuverie sans retour. L'océan du gros pinard, ce vin pour démuni, mélange de coopérative de bas étages, prépare insidieusement le terrain. Quand l'appel se fait entendre, un matin d'une triste journée, Renaud s'y plonge sans retenue. L'oubli est à ce seul prix. Il le sait. Humblement, il s'y soumet.

Deux jours durant, il boit
On le jette sur le trottoir. Il rampe, marche à quatre pattes. Il se relève, trébuche encore mais sans jamais lâcher sa bouteille, son poison. Il supplie dans les petites épiceries. Il racle le fond de ses poches, mendie et parvient à voler quelques canettes de bière. Le quatrième jours, le visage cramoisi, il émerge d'un coma éthylique et calme sa faim dans les poubelles. Il n'a plus rien à boire. Plus un sou. Il s'installe devant un bureau de poste et mendie toute la journée en ouvrant la porte aux passants. Le peu qu'il récolte, est bu aussitôt. Il termine la nuit, vautré sous le porche désert d'un local désaffecté. Le lendemain, il veut reprendre sa place mais le titulaire lui sert un grand coup de pied dans les tibias et il doit battre précipitamment en retraite vers un autre trottoir. Un espace libre.

Simone est morte. Surprise a disparu. Il est seul.
Ses vêtements redeviennent guenilles, ses cheveux vermines, sa peau souillure, ses mains meurtrissures, son visage alcoolisé. Il mendie, boit, tombe, se relève, recommence. Inlassablement.
Il dure ainsi, presque une année.

Un soir, entre deux lucidités, il vomit sa bile sur un gars pressé. Un franciscain guidé certainement par son dieu, passe juste à ce moment-là et lui évite de recevoir une bonne raclée. Il a maigri dans des proportions inquiétantes. Il n'est plus qu'un squelette d'une fragilité incroyable. C'est à peine s'il peut marcher. Ses déplacements se font au prix d'un effort surhumain, avec une lenteur qui l'agace quand il a une once de réflexion.

Ensuite, vient l'instant où sa capacité d'absorption l'accule au mur de l'ultime réflexion. Il décide d'en finir. Il ne lui reste plus qu'à s'armer de courage. Il se traîne jusqu'au périphérique et cherche avec sérieux l'endroit de sa dernière halte.

Fantôme chancelant sous la force du vent, du souffle chaud des voitures qui hurlent, il attend qu'une grosse BMW se manifeste à l'horizon. Il a toujours aimé cette marque. Enfin, à travers le voile de son regard vitreux, il en détecte une et se précipite dans un sursaut de désespoir devant le capot rutilant du bolide.
C'est le noir.

*

Tineghir. La terre rouge. La petite princesse des lauriers est nue. Sa peau lustrée est brûlante. Brûlante comme le soleil qui se faufile à travers les branches ténues d'un arbre mort à jamais. Autour, des voyous tatoués, rasés, brandissent des couteaux. Ils lui ordonnent d'avancer. Ils promettent mille obscénités. Avec des cris sauvages ils réclament du whisky. Des flots de whisky. Il y a d'autres rêves. Ils sont innombrables. Le sable, la chaleur, une sorcière, un visage hideux, déformé par un sourire moqueur et immobile. Celui de Surprise. Elle le rejette sans cesse pour se noyer dans une bacchanale effrénée de vauriens prometteurs de mille tourments.

Les images se diluent. Le calme recouvre les noires esquisses de son âme. Le langage est revenu. Il est ordonné, équilibré. Il peut échanger quelques mots avec le docteur invisible. Ensuite, c'est le tour de la lumière. Une main douce et bavarde ôte le dernier pansement. Celui de ses yeux. Renaud se sait vivant.

Les années n'attendent pas qu'il soit guéri pour ralentir leur marche infernale et sans pitié.
Un jour de printemps, un jour comme les autres, sans véritable soleil, il se retrouve devant l'homme en blanc. Le maître de cet univers fermé. Le psychiatre en chef.

- Voilà monsieur ! Monsieur comment ?
- Renaud… Renaud Damier

Il a hésité. Il y a tellement de temps que son nom n'a pas été cité. Il l'a presque oublié.
- Voilà monsieur Damier ! Lisez notre rapport. Mais oui, lisez ! Lisez donc… Si vous ne comprenez pas, demandez-moi. Je suis là pour cela.

Renaud regarde avec attention cet homme. Il ne comprend rien. C'est un grand docteur, moustachu et chauve qui pose sur son incompréhension des yeux d'une brillance excessive, des yeux prisonniers d'une paire de lunettes rondes en écaille, des yeux jaunes, noyés derrière un repli de peau bronzée par un soleil snob. Quand il parle un peu de salive coule le long de sa lèvre épaisse. Dans un tic il se l'essuie rapidement du bout du doigt. Il ressemble à un hibou mais avec une distinction docte, propice au rôle échu par sa position.
Renaud déchiffre le semblant de rapport qu'il tient posé sur ses genoux cabossés et frêles. Il est interloqué.

On y parle d'une jeune femme nommée Surprise. D'une oasis qui se situe dans le sud marocain du nom de Tineghir. Il bute contre la description d'un rêve érotique que le docteur appelle « la nuit magique » et qu'il a annoté d'une écriture accusatrice, en rouge, avec deux mots sans réplique : délire chronique. En fin de paragraphe, il accuse un certain étonnement en lisant le post it collé au bas de la page : en voie de guérison. Le docteur lui annonce :
- Vous pouvez arracher ce papier et le jeter dans la corbeille. Pour le reste vous êtes d'accord. ?

Renaud répond par l'affirmative. Il ne sait pas de quoi au juste il en retourne.
Il a dodeliné de la tête et marmonné pour faire plaisir à cette voix grave qui s'inquiète à son sujet.
- Signez ici.

Il s'exécute. Cela fait des mois qu'il s'exécute. Certainement plusieurs années. Il a perdu le compte. Ce personnage enfermé dans son uniforme de médecin lui inspire de l'inquiétude. Mais il sait qu'il a besoin de lui. Ainsi que de toutes les autres blouses blanches. Il n'ose pas lire ce qui est marqué en minuscule au bas de la dernière page. Tout comme il s'abstient aussi de le questionner pour combler les vides de sa mémoire.
- Vous êtes guéri. Vous pouvez retourner chez vous.!
- Mais c'est ici chez moi ! Où voulez-vous que j'aille ?

Le docteur applique le règlement. Ce malade est ennuyeux. Il est pressé. Il est toujours pressé.
- C'est comme ça ! Vous êtes guéri. Nous n'avons plus aucune raison de vous garder.
Renaud se demande quelle a été sa maladie ? Vaguement il se souvient d'un grand hôpital où il a beaucoup souffert du dos et des jambes suite à un accident de la route. Dans le rapport il est marqué qu'il a été renversé par une voiture. Et puis il y a eu ce problème d'alcool. C'est sans doute à cause de cela qu'ils ont préféré le garder ici.

Il s'était confiné dans cette idée réconfortante. Le terme de son chemin, la finalité de son existence était sans doute dans cette maison, protégé de tout, dans le silence, au rythme des pilules, des repas simples du réfectoire. Maintenant le cerveau de ce refuge, celui qui depuis longtemps pense à sa place, demande, ordonne qu'il s'en aille, qu'il prenne la route. Dehors !
Mais où aller ? Quelle direction ?

Poussé par une infirmière respectueuse mais ferme, il avance de quelques pas hésitant.
Il est dans la rue.

Ce n'est pas un établissement pénitentiaire qu'il quitte, mais juste un hôpital psychiatrique où il a vécu coupé de l'extérieur, sans visite ni courrier. Ses potes, ses copains aliénés, n'ont pas eu la malchance d'être fichu dehors. Renaud est complètement désemparé. A nouveau seul avec sa solitude. Il ne sait pas que sa mère est décédée.

Surprise n'existait plus. Mais ce docteur vient de la ressusciter. Il a exhumé des souvenirs déchirants. Il a rebranché le cinéma de sa mémoire. Et il le flanque dehors dans ce monde cruel.

*

Avec sa valise, il est immobile. Il ressemble à un automate qui a cessé de fonctionner. Une oscillation de son corps vers l'avant accentue la comparaison. Un pied en suspension, ne sachant quelle direction prendre, il remarque après un instant de vide total un bistrot. Et la première idée qui l'assaille est de savoir si le vin là-dedans est aussi bon que celui qu'on leur sert les jours de fête.

A l'intérieur des jeunes jouent avec une espèce d'ordinateur qui couine avec des sonorités graves. Une vidéo est branchée sur une étagère. C'est un chevauchement de lumières éclatées qui capte son attention. De jeunes danseuses se déhanchent sur une musique électrique qui se déverse en une vague sonore et qui submerge les discussions de la salle. Elles sont terriblement belles. Leurs tenues rouges dans un ensemble de corsages, de robes déchirées accentuent encore le charme de ces brunes d'un autre rivage de la Méditerranée.

Renaud est juché sur son tabouret, à l'extrémité du bar nickelé. Il redécouvre le bruit. L'existence.

Il a quelques difficultés pour articuler. Les médicaments ne sont plus son quotidien. Il a déjà moins mal à la tête. Au revoir les électrochocs ! Il se frotte énergiquement les yeux. Le souvenir du regard con des infirmiers disparaît aussitôt.

Le routier qui gesticule à côté, parle de plus en plus fort. Il est maintenant entré dans sa bulle, dans son petit cercle imaginaire. Puisqu'il n'y a plus moyen d'être tranquille il paye son ballon de rouge et s'en va.

Renaud était rentré dans ce bar pour renouveler avec la vie telle qu'il se la représente. Un brouhaha de conversations et de bruits hétéroclites de comptoir. Pour lui c'est cela la liberté. Pouvoir choisir son premier geste. Les autres sont déjà moins évidents à réaliser. Parfois, plus on avance, moins on est libre, pense-t-il avec lucidité.

Le fond de l'air est doux. C'est bon de marcher. Il arrache une fleur d'acacia d'une haie et la hume avec reconnaissance. Elle sent bon le mois de mai. Sa valise est légère. Presque rien à l'intérieur. Un pantalon, deux chemises, des sous-vêtements et des chaussons. Ses chaussures en cuir, celles d'avant, sont dans un triste état malgré le coup de cirage que lui a filé l'intendant avant de les lui restituer.

Il avale avec difficulté sa salive. Il n'a pas soif. Pas soif de vin. Mais sa préoccupation première n'est pas de savoir s'il tiendra la distance sans l'octroi de la bouteille. La folie l'a sevré. Ce n'est plus un problème. Il est titillé par une autre préoccupation. L'aumônier de l'hôpital lui a donné l'adresse d'une association qui aide ceux qui sortent de prison ou d'établissement comme le sien.

Des dames charmantes, gentilles l'accueillent. Elles lui offrent à manger et le loge dans une chambre minuscule mais propre. Avec, suprême confort, un transistor sur le chevet. Pour être moins seul le soir. Il obtient plusieurs adresses où il se présente les jours suivants pour une place éventuelle. Des laboratoires ou des photographes. Son cas est assez facile. Il est qualifié et puis, un malade guéri, un ancien alcoolique, est plus facile à caser qu'un ancien taulard. L'hôpital a effacé la prison.

Un labo lui propose un remplacement. Le modeste salaire lui paraît être une fortune. Il se met au travail courageusement et retrouve l'odeur surette des produits. Les patrons sont aimables mais exigeants dans le travail et dans le respect des horaires. Il fait de son mieux. Ils sont au courant de sa situation mais ils s'en accommodent. Quelqu'un de l'hôpital a téléphoné sur la demande de l'assistance sociale.

Ils font une bonne action. Cet homme leur a fait une bonne impression. Il est motivé pour réussir. Il sera docile, facile à manier.

Renaud est assidu. En plus il n'hésite pas à rester après l'heure. Personne ne l'attend. Il pourrait certains soirs passer la nuit à travailler.

Il a quitté le centre d'hébergement pour un petit appartement au treizième étage d'une vieille tour de Sarcelles. Le loyer est peu élevé mais tout est à refaire. Son temps de loisir est pris par le bricolage. Il n'a pas le temps de s'apitoyer sur son sort. C'est très bien. Son nid prend forme. Il a eu de la chance, se dit-il.

Et les jours passent comme un collier sans fin.

Un dimanche, seul devant son assiette vide, il réalise combien son décor est froid. La solitude cette tumeur bénigne repart à l'assaut du corps fatigué. La prison, l'hôpital l'avaient pour un temps stoppée. Entre les médecins, les infirmiers, les gardiens, ses compagnons d'infortune, il y avait toujours eu quelqu'un avec qui parler.

Ce n'est pas son emploi qu'il met en cause. Son travail lui plaît. C'est une porte qui s'ouvre sur la vie. Mais, il appréhende de rentrer chez lui après ses huit heures de labeur. Il ne sort jamais.

Pourquoi ne ferait-il pas aujourd'hui exception à cette règle si routinière, si pernicieuse ? Comme au bon vieux temps ! Il se change en vitesse et il referme la porte de son appartement sans prendre la peine de ranger l'assiette qu'il a si méticuleusement posé sur la table.

*

L'ambiance est sympa. Le soleil se réfléchit sur les fenêtres des immeubles, sur le pare-brise des voitures stationnées. Il a un flash rapide pour un ancien et certain éblouissement. Il fait un effort pour le repousser. Il ne veut plus se rappeler.

Il a juste enfilé un polo blanc sur un pantalon de toile écru. Au pied, des chaussures beiges tressées. Il s'est ravisé au dernier moment et il a enfilé une veste en lin froissée qu'il a achetée en solde au marché. Le temps des emplettes boulevard des Italiens est révolu.

Sarcelles, en ce dimanche d'été est partiellement désert. C'est un peu angoissant. Même si les rares passants de la cité qu'il croise ne sont plus tout à fait des étrangers. Il saute dans le bus et prend la direction de Paris.

Son quartier Latin lui ouvre une nouvelle fois les bras. Il s'y noie avec délectation. Il y a du monde. Les trottoirs grouillent. Renaud croise une inconnue. Et c'est le miracle de la rencontre. Il croit discerner une lueur de sympathie dans ce regard qui déjà se perd dans la foule dense. C'est extra ! Cela suffit à égayer son esprit. Un rien de futilité et le feu d'artifice éclate dans sa tête.

Ses pas l'emportent comme autrefois quand il rôdait tel un chien affamé, malade. C'est une habitude qu'il a prise lors de ses vagabondages. Il tourne au coin de la rue, une fois à droite, puis une fois à gauche, sans se soucier jamais d'un quelconque itinéraire. Son esprit est reparti ailleurs. A la recherche d'un rêve indéfinissable. Il se complaît ainsi. Quand il vivait dehors, la fatigue de ces longues heures de marche le calmait. Il prenait le métro, bien sûr sans ticket, pour réintégrer son logement de cartons.

En fin d'après-midi, il est devant Beaubourg. Il est distrait par la foule qui se presse pour visiter une exposition Dali. Il tourne les talons et s'enfile dans la rue Saint-Denis. Les boutiques de prêt-à-porter sont fermées. Perdu dans sa songerie, pendant un moment, il ne prête aucune attention à ces filles qui ont investi le trottoir. Il a oublié que cette rue, la nuit, c'est celle du plaisir masculin. Celle des billets froissés. Il a oublié l'époque, l'ambiance de ces rues où il a œuvré si souvent avec sa vieille complice. Qu'est-elle devenue ?

Maintenant il a perdu son assurance. Redécouvrir ces femmes dévêtues le contrarie. Il se débrouille pour changer de trottoir, pour ne pas les approcher. Le nez dans les souliers, il cherche à éviter leur regard. Quand l'une d'elles, plante ses yeux dans les siens pour une invitation sans équivoque, il a des difficultés pour adopter une attitude normale. Elle lui adresse un bonjour enjôleur et il ne sait que répondre. Ce n'est pas du mépris mais sa timidité le bloque. Quand il est obligé de passer devant une autre, bardée de cuir, dénudée, sur un trottoir si exigu qu'il est obligé de frôler une poitrine qui soudain se dévoile, jamais il n'a été aussi mal à l'aise.

Celle qui se tient plus loin, à dix mètres, est extrêmement jolie. Jeune surtout. Elle est brune avec de longs cheveux, des jambes superbes qui n'en finissent pas d'aller se glisser dans de hauts escarpins. Presque nue, elle n'est vêtue que d'une mini-jupe qui ne cache rien et d'une chemisette, fermée d'un seul bouton qui met en valeur sa peau bronzée. Dessous des seins arrogants et libres, fermes comme de jeunes fruits, se relèvent et frémissent de froid.

Redoutant d'affronter un autre regard, une autre invitation, il change de trottoir. Mais cette silhouette se distingue des autres. Elle est différente. Alors il s'attarde et laisse traîner son regard. Il mate discrètement cette chair découverte. Sur le point de la dépasser, il capitule. Par élégance, il se dit, pour une fois, qu'il ne baissera pas le regard. Pour ne point paraître ce qu'il n'est pas. Pour se prouver aussi qu'il possède encore un certain relent de fierté masculine.
Elle a vu le manège grossier de ce grand nigaud qui n'a d'yeux que pour son corsage plongeant. Mais le pétillant des yeux se transforme en une lueur étonnée en voyant le visage stupéfait de ce nouveau passant.

Renaud s'est soudain immobilisé. Bloqué net. Se méprenant, la fille croit qu'il est acheteur d'une vingtaine de minutes, là-haut, sous les toits. Elle annonce :

- C'est deux-cents euros ! Mais j'ai une chambre...

Il n'entend pas la proposition. Il est en état de choc. Devant lui c'est une morte maintenant vivante. Une princesse maintenant putain qui racole comme n'importe quelle fille de la rue Saint-Denis.
- Euh …Oui ! Non ! Excusez-moi.

Il ne trouve aucun autre comportement sauf celui d'une fuite précipitée. Jusqu'à la perdre de vue.

*

Dans le premier café, il commande précipitamment un cognac. Tellement bouleversé dans chacune de ses pensées, il ne se rend pas compte de ce qu'il ingurgite. Surprise est vivante, encore si jeune... Il ne comprend plus rien.
Pourquoi ne l'a-t-elle pas reconnu ? Mais le miroir à l'étamage usé accrochée derrière le vieux comptoir en bois lui souffle une réponse cruelle. Il a vieilli. Des années de galère. Son visage en porte les traces avec des poches grises sous les yeux. Le dos est voûté. Son allure générale est peu flatteuse. A l'époque il n'était pas particulièrement séduisant. Alors, il ne doit pas s'étonner.

Cette môme semble très jeune. Tout juste dix-huit à vingt ans. Surprise, si c'est elle, calcule-t-il, devrait avoir,… Mais devant son verre vide, il est impossible de se souvenir avec précision.
Comme un enfant à la maternelle Renaud compte sur ses doigts les années en commençant par celle du service militaire. C'est la période la plus limpide de son existence. Puis, les souvenirs s'embrouillent dans une histoire compliquée.

Au terme d'un effort pénible, il parvient enfin à la conclusion suivante. Surprise, en supposant qu'elle avait dix-sept ans à l'époque aurait une bonne trentaine puisqu'il en a quarante-cinq aujourd'hui. Ce n'est donc pas elle. Mais la ressemblance est si troublante qu'il recommande un deuxième verre.

Mal assis sur son tabouret en bois, il est bousculé par les clients qui entrent et qui sortent. Mais rien ne le dérange.

Le conte. Les dires du petit livre qu'il a perdu, qui racontait qu'elle était immortelle. Ce récit oublié remonte subitement d'un passé qu'il croyait révolu. Au contraire, il s'impose ce soir avec une nouvelle et singulière force. Mais non ! Le docteur lui a affirmé que tout ça n'était qu'une fable. Une affabulation de son esprit tourmenté. C'est pour cette raison qu'il a été soigné, enfermé, durant ces années.

La mort est l'aboutissement de chacun. Surprise est morte.

En outre le conte était assez explicite sur ce point. Après avoir éprouvé le plaisir, le mauvais sort devait cesser et la mort devait reprendre ses droits que les deux sorciers lui avaient volés. Et du plaisir, se souvient-il, elle en avait éprouvé. Il en est certain. Cette nuit magique avait été dédiée au plaisir. Elle n'avait pas triché. Lui non plus. Il l'avait vraiment aimée.

La fixité de son regard, la pâleur de son visage, le tremblement de ses mains font qu'un consommateur voisin lui demande s'il va bien. Il ne répond pas. Ses yeux sont posés sur un horizon imaginaire. N'obtenant aucune réponse, l'homme hausse donc les épaules, jette un peu de monnaie sur sa table pour régler son verre et quitte le café.

Surprise a-t-elle réellement existé ? Le doute prend forme dans son raisonnement. Sa réflexion est si dérangée... Sa névrose est si présente... Il a certainement tout inventé. Alors pourquoi l'a-t-on soigné ? Une douleur aiguë lui enserre brusquement la tête. Il réclame au serveur une aspirine que celui-ci lui offre avec un verre d'eau. Il l'avale d'un trait dégoûté et sort.

Dehors, il revient sur ses pas. Il veut la revoir. Tout de suite... Mais elle n'est déjà plus là. Partie, envolée, avec un client. Jolie comme elle est, ils sont nombreux à patienter. Il tourne au coin de la rue et se poste en observateur. Il remarque alors qu'il n'est pas le seul à agir de la sorte. Les uns, les yeux fixés sur une porte, les autres sur une fenêtre ou une voiture. Puis quand une fille revient, ces ombres immobiles sortent de leur trou. Elles reprennent de la vie, bougent, marchent dans leurs directions. L'argent est au fond des poches. Dans les mains fermées. Et c'est à celui qui ira le plus vite. La rue s'anime et les filles sont de plus en plus nombreuses. La nuit sera chaude. Elle débute à peine.

Il patiente une heure durant mais Surprise, ainsi baptisée par commodité, ne réapparaît plus.

Déçu, Renaud s'en retourne chez lui et termine la soirée devant sa télévision d'occase. Il a gravi la pente, il s'est hissé au pied de cette saleté de société. Mais ce soir, l'ascension reste encore longue. Il a punaisé une photographie aérienne qu'il a dénichée dans un vieux périodique. Dans le bas, en minuscule, à droite, son nom est imprimé. Témoin de sa splendeur, il l'a encerclé. Remontera-t-il un jour dans un avion pour se pencher au-dessus du vide avec un appareil à la main ? Cela l'étonnerait. Il ne fait plus de projet. Quand la vie de clochard vous estampille, on ne pense plus qu'au prochain repas chaud, qu'à la prochaine nuit en sécurité, qu'à la prochaine bouteille salvatrice.

Il s'endort devant le film. Au milieu de la nuit, il émerge devant un écran qui grésille doucement.

Lavé, rasé, réconforté par un double café, il est disponible pour le laboratoire. Comme il est en avance, que le soleil chauffe les alentours, il achète un journal et passe une bonne demi-heure sur un banc public.

Le travail l'absorbe. Cette fois c'est plus difficile. Une société de communication a besoin de grands formats. Des danseuses élancées, musclées, avec des sourires figés sous la peau tendue. Elles reprennent vie plongées dans le liquide du bac révélateur. Dans chaque envolée de cheveux, dans chaque jaillissement de ces belles qui tournoient sur leurs pointes dans une immobilité parfaite, il ne discerne qu'un seul visage, une seule silhouette : Surprise, la prostituée de la rue Saint-Denis.

Le soir venu, il n'ose pas retourner là-bas. C'est loin... Ce n'est pas raisonnable, dicte sa conscience. Pendant trois jours, il tient bon. Quels sont les motifs de son attitude ? Seul son docteur pourrait le dire. Mais paradoxalement, Renaud ne désire plus le voir. Il veut avancer tout seul.

Après quelques gymnastiques nocturnes, canapé, lit et télé, il a découvert l'essentiel. Il est décidé a revoir cette fille et monter avec elle. C'est simple... Cependant il rajoute deux autres nuits de réflexions intenses pour assumer son délire.

Maintenant Renaud sait ce qu'il veut. Il veut pouvoir l'appeler Surprise quand il sera allongé près d'elle. Il ne lui reste plus qu'à décider quel jour il ira la voir. C'est le plus délicat. Passer enfin à l'acte. Cette période de transition est la plus longue. Il retarde sans cesse l'échéance qu'il se fixe chaque jour. Il profite de ce répit pour rêver. Chaque soir, il passe l'épier. Il la guette de loin et nourrit son imaginaire. Il imprime son image, puise en elle l'énergie pour sa journée du lendemain.

*

C'est elle qui va rompre le rituel. Excédée par son manège, elle se campe un soir devant lui, l'empêchant d'aller plus loin. Pour l'obliger à s'arrêter. Le plus dur est fait. S'arrêter et parler. Dire le premier mot. Ouvrir une parenthèse sur la morale. Il a vu le regard d'une dame respectable le juger avec compassion. Une brave dame habitant le quartier. Il est extrêmement gêné. Car il existe aussi dans cette rue des gens de tous les jours, des gens qui travaillent, des hommes surtout qui n'ont pas besoin pour vivre, pour s'échapper de la réalité, de parler à des femmes comme celles-là.

Sa voix est différente de l'autre jour. Elle est plus douce. Moins mécanique, moins fausse. Renaud oublie son blocage.
- Tu aimerais faire l'amour avec moi et tu n'as pas le courage de me le demander.

Ce n'est pas une question. C'est une évidence.

- Vous êtes si jolie !

Elle sourit. Ses dents nacrées ressortent avec éclat sur ses lèvres sombres, ardentes.
- D'habitude, ce sont les jeunots qui sont à ce point intimidés. Les hommes de ton âge sont d'un esprit plus pratique. Cela fait trois semaines que tu passes devant moi. Les autres filles ne te plaisent pas ?
- Non ! Il n'y a que vous.

Elle éclate d'un rire retenu.
- Mais c'est une déclaration que tu me fais !

Renaud a la gorge nouée. Elle a les mêmes yeux, la même voix, le même rire. Il détaille ses mains. Des ongles avec un vernis rouge, orgueilleux. Il pose la question.
- Puis-je aller avec vous ?
- Comme tu veux ! C'est deux cents euros. Tu es bien certain de vouloir monter ?
- Oui ! Mais je souhaiterais…

Les mots ont du mal à s'assembler correctement. Il bafouille tandis qu'elle attend avec curiosité.
- Il faudrait que vous acceptiez, si cela est possible, de faire quelque chose de différent.…
- J'espère que ce n'est pas une saloperie. Une fois, un vieux, un sacré pervers, a tourné autour du pot pendant un mois avant de me dire que…

Il la coupe. Elle se fourvoie et c'est de sa faute. Il a trop tardé dans sa formulation. Il se jette à l'eau.
- Non ! Juste pouvoir vous appeler deux ou trois fois Surprise. C'était le nom de ma… fiancée.

La main de la jeune femme hésite puis elle se pose délicatement sur l'avant bras de Renaud qui tremble. Un peu de confusion. Un peu d'émotion. Il n'a rien trouvé d'autre qualificatif pour la

désigner. Curieusement, prononcer ce mot à propos de Surprise déclenche un sentiment bizarre. Le souvenir prend ainsi un ton officiel.
- Elle t'a plaqué ?
- Elle...Elle est morte.

Il constate en voyant sa grimace que la jeune femme regrette sa question trop rapide. Elle reprend :
- C'est bon ! Viens avec moi. Et tu pourras m'appeler comme tu voudras.

Ils grimpent un escalier sombre et tortueux. Les marches sont vermoulues. Elles craquent sous les pas pesants. Cinq étages de honte. Ils croisent du monde. D'autres filles accompagnées de leurs clients. Certains ont déjà terminé, descendent rapidement, pressés de retrouver la rue. Leur misérable quotidien. Enfin une porte s'ouvre et c'est la délivrance.

Une chambre sombre et humide nichée sous les toits avec un grand lit couvert  uniquement d'un drap mauve. A côté un petit chevet qui supporte un lampadaire. Juste un rayon de lumière pour ne pas effrayer le client en lui révélant le plâtre du plafond égratigné, la saleté sur les murs, les tâches sur la moquette ainsi que les toiles d'araignées cachées dans les coins du plafond.
Renaud enregistre les détails de ce décor et développe un début de regret.
La jeune femme lui demande de se dévêtir. Comme un gosse il s'exécute. Puis elle lui dit de se nettoyer au lavabo et là encore il obtempère maladroitement. A son tour, elle ôte ses vêtements et nue, s'allonge sur le lit. C'est une poupée mécanique, inerte et froide.
- Vas-y mon chou ! Appelle-moi Surprise.

Grelottant soudain, pris par une espèce de chair de poule, son rêve se brise. Il prononce d' inintelligibles excuses. Il enfile son pantalon dans un sautillement ridicule. La jeune prostituée est assise en tailleur sur le lit. Elle reste indifférente. Elle a obtenu

son cadeau. Peu lui importe les états d'âme du client. Il n'est pas le premier à agir de la sorte. S'ils étaient tous comme ça la vie serait plus simple pour elle. Ce n'est malheureusement pas le cas. Elle attend qu'il soit rhabillé. Dès que Renaud a retrouvé sa dignité d'homme vêtu elle se lève et va ranger dans sons sac les billets qu'il a posé sur la commode. L'espace d'un moment, dans cette chambre exiguë, ils se retrouvent face à face. Renaud en profite et du revers de la main il effleure la joue de la jeune femme. Elle a refréné à la dernière seconde son geste de recul et l'a laissé faire sa caresse. Une caresse à deux-cents euros.
Quand il franchit la porte, sans oser se retourner, il lance :
-Surprise, je t'aime !

C'est tout. Il tire lentement la porte et descend précipitamment l'escalier.

*

Cette jeune femme l'a investi. Régulièrement il retourne la voir. Quand il lui reste deux cents euros il la suit docile jusque dans son repère. Il n'est jamais question de sexe. Il lui raconte par épisodes sa vie, son amour, sa déchéance. Il tente de dépeindre l'aura qui entoure toujours le personnage de Surprise.
Un soir il cesse d'être un client. Il y a eu un déclic.

Elle refuse ses billets. A son tour, elle ouvre les pages de son passé. Petite musulmane née en France. Parents sans papiers, ni travail. Abandonnée, reprise, laissée de nouveau, pour tomber sur un cousin maquereau, puis sur un français mais de même engeance et à la longue le trottoir pour terminer. Les hommes et l'argent qui passe d'une main à l'autre.
Devant un verre, abritée dans le fond d'une brasserie, elle en redemande. Elle adore les détails de cette nuit magique dont il a une si poignante manière d'en décrire les lignes.
Un jour, elle lui dit :
- Tu devrais écrire un livre.
- Je ne sais que prendre des photos, répond-il.

149

L'hiver les prend, les encercle de sa froidure. Le vent du trottoir est devenu polaire. Les filles sont gelées. Le sosie de Surprise grelotte dans sa tenue aguichante. Son protecteur reste vigilant. Il la surveille et lui interdit de porter un manteau. Une chair qui grelotte c'est bon pour le commerce affirme-t-il avec cynisme, bien installé au chaud derrière la vitrine d'un bar. Elle tombe malade. Il la harcèle pour qu'elle aille quand même au turbin. Épuisée, incapable de se lever, il doit se rendre à l'évidence et il se calme. Il est propriétaire d'autres filles dont il doit s'occuper.

Renaud est inquiet. Il apprend par une de ses copines qu'elle est malade. Mais elle n'a jamais fait allusion à son domicile et il ne peut pas lui rendre visite. Il doit ronger son frein, et attendre fébrilement son retour.
Ces derniers temps, ils ont été surpris en grande palabre devant un thé. Il a brandi ostensiblement des billets qu'il tient prêts au fond de sa poche justement pour ce genre de situation. Le mac a haussé les épaules mais il n'a rien dit.

Renaud met à profit ces quelques jours pour se poser. Ses idées sont limpides. Sa tête est rangée. Surprise n'est plus. Même si souvent il en parle avec Solange. C'est son nom pour tapiner. En réalité, elle s'appelle Yasmina. Sa famille est de Casablanca mais le Maroc, elle ne connaît pas. Elle ne veut pas y aller. Son horizon lointain, son mirage, c'est plutôt la Grèce.
Elle reprend sa place rue Saint-Denis.

L'hiver a filé... Le printemps n'est pas encore là. Ce sont des jours intermédiaires. On ne sait pas à qui ils appartiennent.
Durant toute une année, ils se rencontrent ainsi à la sauvette. Un dimanche matin, profitant de l'absence de son souteneur, elle saute dans un taxi et se fait déposer à Sarcelles. Poussée par son instinct et surtout par sa curiosité de femme. Connaître la tanière de cet homme qui a pris une place particulière dans son existence. Elle est devant la porte de l'immeuble et ne pense pas une seconde qu'il puisse être absent.

Renaud est là. Il est ravi et lui propose un porto et des olives. Il n'en croit pas ses yeux. Yasmina a des souliers plats, une jupe blanche et un pull-over gris bien fermé, ample, qui cache les formes, avec un gros papillon en velours noir accroché dessus, comme égaré. Un papillon qui lui en rappelle un autre.

Ils bavardent de la Grèce. Ils se perdent dans les pages glacées d'un livre sur les Cyclades qu'il a acheté dans un rayonnage oublié. Ce bouquin était pour elle. Il espérait le lui offrir pour son anniversaire. Mais cette visite le prend de court et il fait comme s'il avait toujours eu ce bouquin chez lui.

Yasmina lui confie qu'elle possède de l'argent qu'elle a réussi à détourner. Son voyou d'homme n'a rien d'un comptable. Il est loin de soupçonner qu'elle le quittera bientôt sans remord avec quelques milliers d'euros pour une autre vie. Elle avoue même, qu'elle a touché un important pactole dans une sombre histoire où plusieurs gars ont eu besoin d'une fille pour conclure une affaire importante. Des ennemis attitrés de son protecteur qui par ce fait n'en a jamais rien su. Renaud éclate de rire. Elle lui demande la raison :

- Pour des chèques sans provision et le vol de deux appareils photos j'ai croupi des mois en prison. Et toi rien… Et j'étais innocent.

- Tu aurais préféré que je sois prise ?

- Non ! Je constate, je me marre ! C'est tout, répond-il avec une certaine amertume.


Depuis ce jour volé, ils rêvent de la Grèce. Mais d'une autre façon.

*

C'est elle qui a eu l'idée. Une petite boutique de photographe pendant la saison des touristes. Et l'hiver la pêche ou n'importe quoi. Pourvu que la vie change. Elle n'en peut plus et elle sait qu'il est dans le même état d'esprit qu'elle. Une deuxième vie. Sans aucun souvenir derrière. Tout devant.

Il lui fait remarquer qu'il est plus âgé mais elle rétorque que ça lui est égal. Et puis, ajoute-t-elle :

- Je suis dégoûtée des hommes. Je suis fatiguée. Je te propose une association. Pas un mariage !

Quand un projet de la sorte s'ouvre sur un rêve bleu, quand les protagonistes n'ont plus rien à perdre, que rien ne les attache, les événements ont tendance alors à se précipiter.
Le mois de mai accroche son beau temps au calendrier. C'est une aurore nouvelle qui se dessine sur la cité grise. Avec un million de rayons de soleil.
Renaud a rangé. Le peu qu'il possède de valeur a été vendu. Il est inutile de s'encombrer d'objets inutiles. Il s'agit de se mettre sur la ligne, d'attendre le départ. Les clefs de l'appartement à la main, assis sur ses deux valises, une cigarette éteinte entre les lèvres, un verre d'eau posé par terre, il attend Yasmina. Elle est en retard et pourtant c'est une fille ponctuelle. Il est perplexe.

Leur train doit arriver à vingt heures gare d'Austerlitz. Ils ont convenu d'un rendez-vous en fin de matinée, puis de porter les bagages à la consigne et de passer l'après-midi ensemble, pour acheter quelques nécessités de voyage. De dire adieu à Paris.
A sa montre il est quatorze heures et l'inquiétude fait place à la nervosité.
A quinze heures il n'y tient plus. Il téléphone rue Saint-Denis. Le répondeur à la voix suave se déclenche. Il raccroche. Où est-elle ? Quant un plan bien préparé ne fonctionne pas, il s'agit de réfléchir vite. C'est comme un château de cartes qui s'écroule au premier souffle. Comme des imbéciles ils n'ont pas prévu de plan B, regrette-t-il. Il doit trouver et très vite une solution. En l'occurrence, s'il part à la recherche de Yasmina, ils risquent de se croiser et perdre davantage de temps. Laisser un mot ? Mais il est question surtout de rendre les clefs à cinq heures à son propriétaire. Quant à son boulot, il a donné sa démission.
De plus en plus préoccupé, Renaud quitte l'appartement et se résout à confier les clefs au concierge. Il saute dans un taxi en maraude et abandonne ses valises à la gare.
Si elle n'est pas venue c'est que la raison est grave. L'autre a dû découvrir leur projet. Il doit la séquestrer.

Rue Saint-Denis il n'y a plus personne. C'était prévisible. Sa chambre est fermée. Une voisine qui plie sous le poids d'années dévastatrices le renseigne entre deux passes rapides. Solange est bien venue ce matin. Depuis personne.

Renaud fouille partout. Il fait les rues adjacentes. En vain ! Il est inquiet. C'est la première fois qu'elle n'est pas à son poste. La coïncidence est singulière. Le jour prévu de leur fuite. Car c'est bien ça dont il est question. Ils ont été naïfs de croire que l'on pouvait quitter le monde de la prostitution librement. Il est découragé et dégouline de sueur. Il s'arrête un instant de courir. Il doit réfléchir.

L'adresse du souteneur, surnommé Léo le tapeur par les filles, lui est inconnue. C'est une erreur. En conclusion, il ne sait plus où chercher.

Réfugié dans un hôtel de passe il se décide à passer la nuit. Il doit à tout prix trouver une solution. Au milieu de la nuit il ne tient plus en place et ressort poursuivre ses recherches dans les rues chaudes. Les quelques copines de Yasmina sont encore au travail. Il ne les importune pas. Il les a déjà interrogées. Elles ne connaissent pas l'adresse, disent-elles. Mais elles mentent car elles ont peur. Par contre, il apprend que cette ordure de Léon, protège une autre fille qui travaille dans une rue parallèle plus discrète. Il réussit à la dénicher. C'est une grosse femme qui peine sur le pavé. Avant d'être larguée définitivement. D'être rendue à une fin de misère.

Elle l'envoie promener carrément. Solange n'est pas sa copine. Mais plutôt sa rivale. Le reflet d'une jeunesse perdue qu'elle a gâchée à jamais. Elle lui fait saisir par des paroles assaisonnées qu'il n'a rien à foutre là. Comme il tarde à filer, qu'il tourne encore autour de son imposante personne, elle l'injurie et lui dit de déguerpir.

La rage au ventre il s'en va. Il veut éviter de se faire remarquer davantage. Ce n'est pas le moment. Elle a déclenché une fichue pagaille sur le trottoir et elle s'égosille encore comme un goret qu'on égorge. Insultes dédiées aussi à la société, cet immonde tas de saletés, de puanteur morale dans lequel depuis plus de cinquante ans elle est obligée de survivre.

Renaud se cache sous un porche et attend patiemment qu'elle se calme. Bien décidé à la suivre quand elle décidera d'aller se reposer. A six heures du matin elle se traîne encore d'un troquet à l'autre. A sept heures elle prend un petit déjeuner dans un autre. Elle n'en finit pas d'avaler des croissants... Elle a oublié Renaud. Fort heureusement.

*

La vieille prostituée habite un peu plus loin. Elle ouvre son sac à main, sort des clefs et pénètre dans un petit immeuble. Quand il essaye à son tour de rentrer, il se heurte à une porte close, branchée sur un système électrique. Aux sonnettes respectives, il déchiffre six noms. Que des couples... Sauf un. Une certaine Mathilde Rongé. Il y a des chances pour que ce soit elle. Il est peu probable qu'elle vive avec quelqu'un puisqu'elle appartient au protecteur de Yasmina.

Appuyé contre le mur pour parer à un coup de fatigue, Renaud attend avec angoisse qu'il se passe enfin quelque chose. A huit heures-dix, la silhouette d'une dame d'un certain âge apparaît derrière la vitre foncée de l'entrée. Il fait semblant d'arriver et décontracté, il lui tient la porte. Il la gratifie d'un large sourire, d'un bonjour matinal encourageant et il entre comme s'il était chez lui. Bien sûr la mémé se retourne car elle connaît bien évidemment les habitants de la maison. Mais il ne lui laisse pas le temps de réagir. Il s'engouffre dans l'escalier.
Une idée pendant qu'il attendait lui est venue.

Mathilde Rongé est au troisième. Ce n'est peut être pas elle ? Léo le Tapeur ne doit pas habiter dans le même immeuble que cette vieille décrépite. Il doit plutôt se pavaner dans un endroit luxueux, tape à l'œil avec la plus jolie de ses protégées. Renaud a donc l'opportunité de réaliser son plan. Son avenir et celui de

Yasmina dépendent de la manière dont il va agir. Il défend avec acharnement un rêve. Leur rêve. Il est comme le coureur à pied qui jette ses ultimes forces dans la dernière ligne droite.

Il colle son pouce sur la sonnette en plastique et lui inflige une série de pressions rageuses. Cinq minutes plus tard, un grand remue-ménage récompense enfin ses efforts. La porte s'ouvre. Tel un voleur il la bouscule, car c'est bien elle, et il pénètre de force dans son intérieur, après avoir bien pris garde de fermer la porte derrière lui.

Interloquée, Mathilde l'a reconnu. Elle met un temps avant de réagir. Elle retrouve rapidement l'usage de la parole et aussitôt puise dans son répertoire d'injures.

- Dehors espèce de pauvre minable ! Dehors !
- Pas avant que tu m'expliques où se trouve Solange et son mec !
- Vas te faire foutre !

Là-dessus elle se rue sur lui et se précipite sur le téléphone.

- Puisque tu veux parler à Léo tu vas pouvoir !

Sa bouche offre un sourire à jeter directement aux ordures. Il lui arrache le portable et l'écrase sous son talon. Le cerveau est bizarre. En faisant ce geste, lui reviennent en mémoire ces films d'antan où le détective entre en scène, le chapeau rivé sur le coin du front, la cigarette aux lèvres, le sourire goguenard et qui dit : « Poupée, tu vas cracher le morceau ! » Cette réplique, d'un grand secours, il la modifie légèrement :

- Pas la peine de jouer au plus fin ma petite !

Le qualificatif n'est certes pas le bon cependant le ton y est ou presque. Mais la grosse femme a vécu. Des gars cinglés elle en a vu pas mal dans sa chambre de labeur. Avec couteau et autres ustensiles... Elle ne se démonte donc pas et ouvre promptement un tiroir. Avant qu'elle n'empoigne le revolver qui s'y trouve, Renaud est déjà sur elle. C'est une furie et elle pèse lourd. Elle prend rapidement le dessus. Les chaises volent ainsi qu'un petit guéridon avec son vase en cristal. La femme est puissante mais elle s'essouffle très vite. A la longue Renaud trouve dans sa rage les ressources pour résister.

Tel des chiens s'agrippant à la gorge, ils tournoient, renversent encore une petite vitrine sur leur passage. Enfin ils roulent par terre, et le combat perd aussitôt de son prestige. C'est alors un déploiement de gestes hachés sans noblesse, aveugles, avec des cris, des halètements et des coups peu ordonnés. Entre la réalité d'un duel et le purisme d'une fiction, il existe une marge dont Renaud prend conscience à chaque douleur qu'il perçoit.

Enfin aux prix d'un effort suprême, il réussit à maîtriser son adversaire grâce à un lointain souvenir d'enfance. Une prise de judo qu'un copain lui avait montrée. Une clé qui étouffe l'autre. Il a retrouvé les principes de cette immobilisation. Pestant et suant comme un diable, il empêche cette douce et bonne grosse femme de respirer. A moitié étourdie, elle reste étendue sur le carrelage. Renaud en profite pour lui nouer les mains avec le cordon d'un tablier qui traîne sur la table de la cuisine. Avec sa ceinture il attache les pieds et le petit napperon brodé qui ornait un coin du buffet acajou sert à lui obstruer la bouche.
Alors, tranquille, profitant de ce répit, il se sert un grand verre d'eau sous les yeux furibonds de sa victime qui le fusille du regard.

Il fouille les placards, dans chaque cachette éventuelle. Quand la chance se mêle au jeu, c'est plus facile. Dans le livre jaune de la poste sur la couverture, il y a des chiffres écrits au stylo-bille. Par contre, il n'y a pas d'adresse. Juste des noms ou des prénoms avec des numéros. Les plus courants mais ceux aussi qu'on oublie parfois. Un Léon occupe le haut de la page.
C'est une piste. Léon pour Léo. Renaud hésite puis il se décide.

*

Le temps presse. Il a conscience que s'il échoue, ils ne partiront jamais. Une fuite c'est trop fragile.

Il compose le numéro avec son portable.

Une voix féminine. C'est Yasmina. Paralysé une seconde il se ressaisit et trouve in extremis un subterfuge.

Il espère qu'elle comprendra le sens de sa phrase.

- Je suis bien chez Monsieur Renaud Damier au 58 de la rue de Grèce ?

Elle est vive d'esprit.

Elle saisit immédiatement l'astuce et répond dans la foulée :

- Non ! Vous vous trompez. Ici c'est le 38 rue Jonquille. C'est Monsieur Léon Gildman qui habite ici.

- Ah bon ! Très bien excusez-moi.

Il est sur le point de raccrocher quand une voix dure, cassante lui pète aux oreilles.

- Qu'est-ce qui se passe ?

Renaud enchaîne. L'annuaire téléphonique lui a donné une idée.

- C'est la vérification des lignes Monsieur Gildman. C'est votre fournisseur électrique et vous êtes bien au 38, rue Jonquille ?

De mauvaise grâce, Léo le Tapeur réplique par l'affirmative. Il s'agit de jouer avec finesse.

- Quelque chose ne correspond pas... Nous avons deux noms et des numéros de téléphone différents sur la même adresse. Vous avez une facture sous la main ? Vous pouvez me dire le montant que vous avez réglé ?

Cette question a fait son effet. Il entend des chuchotements, des claquements de tiroirs, des papiers froissés, des ordres. Léo lui demande de patienter. Au bout d'une minute le proxénète lance :

- Deux cinquante euros environ. Et alors ?

- C'est bien ce que nous pensons. Vous payez aussi pour l'autre. Cela dure depuis un bon moment. Mais vous avez de la chance. Nous vous devons quand même une somme rondelette.

Il sent l'homme intéressé. Le chiffre doit être précis, il doit être plausible.

- Neuf cent-quatre-vingt-dix-huit euros et dix centimes.

-Sans blague ?

- Oui ! Vous pouvez en être certain mais je dois quand même vérifier votre compteur. Je dois aussi vous faire signer un papier pour que vous puissiez recevoir rapidement votre chèque. Vous êtes là dans une demi-heure ?

La réponse se fait attendre. Renaud retient son souffle.

- Oui ! Je ne bouge pas. Je vous attends.

Le poisson a mordu à l'hameçon. Il n'a aucune idée comment fonctionne la société d'électricité mais le proxénète paraît aussi peu doué que lui en la matière.

Il raccroche. Il s'agit d'agir vite avant qu'il ne se pose trop de questions.

Renaud pose un regard de pitié sur la femme qui gigote à ses pieds. Les liens tiennent correctement. Il les vérifie puis il la tire péniblement dans sa chambre et avec difficulté parvient à l'allonger sur le lit. Il est bon prince. Dès que Yasmina sera sortie d'affaire, il téléphonera à la police pour venir la délivrer. Ensuite il se saisit avec précaution du revolver, vérifie qu'il est chargé, le manipule pour comprendre le fonctionnement, prend au passage un deuxième verre d'eau car il a la bouche sèche, ferme la porte de l'appartement et s'en va.

Un taxi le dépose rue Jonquille. Le quartier est bourgeois. De belles cylindrées sont garées le long des trottoirs propres. Les immeubles cossus arborent des façades rénovées. Le numéro 38 est moins imposant mais il s'en dégage une certaine classe. Il s'engage sans hésitation sur les marches du palier mais il se trouve bloqué par une de ces sempiternelles entrées électriques. Renaud sonne et se fait reconnaître. Léo actionne l'ouverture de la porte sans se donner la peine de se manifester à l'interphone. Il est en confiance.

Combien c'est facile d'être un héros ! Renaud fait connaissance avec l'adrénaline. Ce plaisir étrange, ce poison aussi qui bouge le monde. Malgré la peur qui le tenaille. Le quotidien se brise et même au sein de la violence, il en palpe le merveilleux. Il court. Il bouge. Il se bat. Enfin il vit. Il est exalté.

Le mouton se transforme en lion.

\*

La porte s'écarte. Un homme encore jeune, le visage taillé en pointe, brun, une barbe de deux jours, petit diamant à l'oreille, cheveux rasés, lui fait face. Il est en jean et porte une chemise à carreaux. Il est pieds nus. Léo le Tapeur ouvre puis ferme dans le même temps deux fois la bouche. Comme pour dire quelque chose mais aucun son ne s'en échappe. Puis lentement, tel un chat acculé, il recule. Il fixe le canon froid du revolver que le pseudo employé pointe sur son ventre.

Yasmina est debout au milieu de la pièce. Elle est pieds nus et en chemisette de nuit. Un œil au beurre noir, le visage tuméfié et des bleus sur les jambes. Les bras serrés contre sa poitrine, les cheveux défaits, elle est agitée d'un tremblement compulsif. Renaud pousse Léo sans ménagement. Il est prêt à tout. C'est facile avec une arme dans la main. Il s'enquiert d'un ton sec et méchant.
- C'est toi qui a fait ça ?

Léo possède une beauté indéniable. Il le sait. Cela aide dans le métier. Souriant, sûr de sa dentition parfaite, avec arrogance il répond :
- C'est ma femme ! Je fais ce que je veux.
- C'est de cette manière que tu as gagné ton surnom de merde ?

Renaud parle sourdement. Il joue avec les mots, l'engin de mort bien calé dans ses doigts nerveux.
- Approche voyou ! ordonne-t-il

- Approche toi-même ! Et puis ça suffit petit minable. Qu'est-ce que tu veux ?

La réponse jaillit sans que Renaud puisse s'y opposer. Sa parole précède sa pensée.
- C'est moi le nouveau mec de Solange.

Le truand est surpris. Puis il se souvient.
- Ah oui ! C'est toi le maniaque qui préfère causer plutôt que baiser.

L'homme comprend mieux les valises dans l'armoire, l'argent qu'il a trouvé sur la jeune femme. Il se tourne vers elle :
- Ce n'est pas vrai ? Tu voulais te tirer avec ce vieux, espèce de salope !

Là-dessus il se met à rire comme on peut rire à son âge quand ce qui est d'une autre génération est méprisé.
Le vieux en question encaisse mal d'être insulté. Il fait un pas en avant et lui balance le canon du revolver dans la figure. La joue éclate et le sang pisse. Projeté par la violence du coup Léo perd l'équilibre et reste sonné, à genoux sur le sol. Il se met à pleurnicher comme un enfant. Comme un enfant dénaturé.
- Yasmina ! Nous partons. Habille-toi vite et prends tes valises. Où est ton argent ?

La pauvre fille est encore agitée de spasmes. Elle ne parvient pas à prendre le dessus. Renaud veut la serrer dans ses bras pour la réconforter mais il craint une réaction de son adversaire. Les minutes s'égrènent, et son assurance s'émousse.
Comme elle ne dit toujours rien, il rajoute :
- Dépêche-toi ! Vite !

Ces simples mots suffisent à la bouger de son immobilité. Elle parvient à articuler.
- Là ! Dans sa veste et dans le portefeuille.

Toujours armé, de la main gauche, Renaud fouille. Il trouve des liasses et s'en empare.

Pendant ce temps Léo a repris ses esprits. Il est debout et tente de nettoyer sa figure sanglante avec un bout de sa chemise. Il rumine sa vengeance.

- Et le reste… hésite à demander Renaud.

Pour la réalisation de leur projet cet argent est nécessaire.

- Il n'est pas là, répond Yasmina. J'ai ouvert un compte. Mais par contre il sait où nous allons... Il a trouvé un prospectus que j'ai eu la bêtise de cacher dans mon sac.

Elle est au bord de la crise de nerf. Profitant de ce flottement le proxénète s'avance résolument vers eux. L'arme pointée sur son ventre ne l'inquiète plus. La haine efface son raisonnement. Ce minable n'a pas assez de couilles pour tirer sur quelqu'un. Un minable de cette espèce ne vole pas une fille lui appartenant. Une fille qu'il a eue tant de mal à éduquer.

- Elle est à moi ! Je vous retrouverai tous les deux et j'aurais votre peau. Même si je dois…

Le coup de feu est parti à bout portant. Léo a jeté sa main sur le canon comme pour repousser la balle meurtrière. Renaud reste pétrifié. Il a appuyé inconsciemment sur la détente. Sans utiliser la pensée. Sans décision de son cerveau. Ou bien alors venue de si loin qu'il n'a pas su s'y opposer.

Léo s'effondre à retardement, hébété. Il ne bouge plus. Yasmina demeure silencieuse. La main devant le visage. Le tremblement a cessé. Renaud a jeté le revolver pour se désolidariser de son acte barbare. Il parle le premier.

-Après tout c'est mieux ! On pourra dormir tranquille.

- Peut-être ?

Yasmina se penche et observe avec attention cet homme avec qui elle a pratiqué tant de fois cet odieux simulacre de l'amour. C'est un étranger. Par terre, il ne correspond plus à rien. A peine un passé douloureux qu'elle désire oublier avec force. C'est comme une guerre qui doit se terminer. Une guerre dégueulasse sans commémorations futures.

- Il est mort ! dit-elle.
- Bien fait !

Et ils s'en vont.

*

La France dort quand ils la traversent. Yasmina s'est assoupie, bercée par le claquement métallique et régulier des roues sur les rails. Elle est blottie contre l'épaule de Renaud. Immobile, les yeux perdus dans le paysage qui défile, il se débat dans une violente agitation mentale. Il a tué un homme. Fiévreusement il cherche à comprendre pourquoi il n'éprouve pas de remord. Ce souteneur, cet être immonde méritait-il la peine de mort ? Il a été juge et bourreau. Il ne se trouve aucune excuse. Il a tué un homme pour défendre un futur qu'il espérait sans tâche. Il a abattu un homme pour effacer la période sombre de sa vie. Léo le Tapeur a payé le prix fort de ce long tunnel de solitude, de peur et de douleur. Combien de gens meurent-ils de la sorte ?
Quand ils passent la frontière, il est exténué. Il n'a presque pas dormi.

L'Italie.
De nouveaux voyageurs sont montés dans le train. Un groupe de jeunes italiens rieurs et bruyants. Renaud les observe avec curiosité. Ces gens-là sont-ils plus vivants que ses compatriotes parisiens ?
Milan.
La pluie à grandes gouttes frappe la vitre du wagon. Le paysage est défiguré par des immeubles noirs. De la fumée et toujours ce bruit de ferraille qui accompagne les voyages ferroviaires. L'arrivée à Venise est proche... Le conducteur a déclenché sa sirène plusieurs fois. Pour saluer la ville immortelle. Le soleil sèche la ville. C'est ici qu'ils vont passer la nuit.

Un minuscule hôtel possède une chambre de libre avec la vue sur le grand canal. Mais les blessures sont trop fraîches pour apprécier le paysage. Cette beauté n'est pas encore pour eux. Ils se promènent juste, côte à côte, silencieux, d'un pont à un autre, tranquillement. Un restaurant à l'écart du chahut des touristes leur offre deux heures d'hospitalité. Puis ils tentent de retrouver le chemin du retour. Perdus, ils interceptent un bateau taxi. Ils se sont installés sur la banquette, serrés l'un contre l'autre, sans un mot. Le vent s'est levé. L'humidité du soir les fait frissonner. Le bateau glisse lentement sur l'eau, le moteur fait parfois des ratés. Ils se donnent la main.

Dans le grand lit unique ils dorment. Ce sont des enfants sages. Le lendemain matin la pluie est revenue mais ils s'en fichent. Le destin leur a donné rendez-vous dans un pays de soleil où le mauvais temps est différent, où les couleurs plus flamboyantes, où la terre exhale un autre parfum, où les habitants ne les feront pas souffrir.

Le visage fouetté par le vent, penchés à la fenêtre du train, ils posent un regard étonné sur ce vaste pays qui était autrefois la Yougoslavie. Ils ont traversé d'immense forêts sombres, des champs couverts de brumes, des pistes qui se perdent dans des collines désertes, des villages au décor triste. Maintenant à l'approche de cette ville inconnue ce sont de longues files de véhicules qui font le spectacle. Ils referment la vitre.
Ils ne sont pas arrivés au terme de leur voyage. C'est long.

Encore une frontière. La dernière. Ils rencontrent un contrôleur souriant à l'approche de Thessalonique qui vérifie leur billet. Il leur souhaite dans un excellent français la bienvenue dans son pays. Ils descendent du train le corps endolori et soulagés d'être si proche du but. Ils sortent de la gare et posent leur bagage sur le trottoir. Ils ont un instant de flottement.
A partir de maintenant, ils doivent improviser. Leur idée est de chercher un logis chez l'habitant.

La petite maison qu'ils dénichent est avenante d'aspect. C'est un couple de retraité qui la tient et tout est impeccable. Le prix est bon marché et pour le peu de temps qu'ils comptent rester, il est inopportun de marchander. D'autant qu'ici les simples gens ont d'énormes problèmes pour vivre. L'Europe leur a tout pris. Sauf leur bonne humeur, semble-t-il.

Puis, le lendemain, ils montent dans l'autobus pour Athènes.

Après avoir quitté la gare routière et mis leurs affaires à l'abri à la consigne, avant toute chose, ils veulent visiter l'Acropole. Le chauffeur de taxi qu'ils ont retenu pour l'occasion se lance dans des explications qu'ils ne comprennent pas et qui déclenchent une cascade de rires cristallins chez Yasmina. C'est la première fois qu'elle rit ainsi depuis qu'il la connaît. Ce fou rire est une étincelle de bonheur parfait. La nuit est douce et parfumée. Les vestiges sont illuminés, véritable collection de pierres sur fond de vitrine violet. Et lui, depuis combien d'années n'a-t-il pas ri ?

Il regarde Yasmina et il a envie d'elle. Elle pose sa main sur sa cuisse. Elle connaît la mécanique des hommes. Elle lui dit :
- Promenons-nous encore. Puis nous chercherons un hôtel.

Ils dévorent à belles dents des petites brochettes achetées sur le trottoir et reprennent le même taxi qui les attend. Il leur propose de les conduire à Rafina, à la sortie de la ville, chez son cousin qui tient un camping et qui loue des bungalows sur la plage. Ils acceptent avec enthousiasme.

L'ultime étape de ce voyage approche.

*

Elle s'appelle Paros. C'est une petite île de carte postale qu'ils ont découverte sur un prospectus. Outre son attrait touristique sur lequel ils comptent pour ouvrir leur boutique, elle est nantie d'une minuscule petite sœur qui s'appelait Antiparos. Avec des maisons aux façades blanches, un petit port d'opérette décoré de barques multicolores, la mer turquoise, le ciel au-dessus et une tranquillité loin de la cohue estivale comme sur l'autre île, c'est là qu'ils désirent s'établir. Pour assurer le va-et-vient entre la boutique sur Paros et leur maison sur Antiparos, ils se sont rendus à l'évidence. L'achat d'un bateau est indispensable.

Ils se rendent au Pirée. Le départ est prévu le lendemain à cinq heures. La météo est prometteuse. Sur le port des milliers de passagers attendent pour embarquer vers les Cyclades. Sur un coin de pelouse, coincés entre leurs deux valises ils cherchent en vain le sommeil. A l'aube, les nombreuses sirènes réveillent la foule. Graves, agressives, autoritaires, elles se succèdent les unes après les autres en un concert incroyable. Elles déchirent la pureté du matin.
Ensuite ce sont les interminables queues devant les passerelles. Des bousculades nées d'un petit rien font monter la tension. Il y a ceux qui sont éjectés n'ayant pas de billet conforme, ceux qui se sont trompés, ceux qui essayent de soudoyer le préposé sur le pont, et ceux complètement ivres qui n'ont pas dessaoulé de la veille et qui déclenchent des rires ou des reproches suivant les humeurs. Féerie du voyage. Pagaille magistrale d'un départ quotidien en mer.

Après une traversée sans histoire à l'avant du bateau, ils sont les premiers à deviner les contours de Paros. Sur son écrin de ciel bleu, l'île leur apparaît dans sa robe terre de sienne, parée de ses maisons illuminées de blancheurs.
Des milliers de touristes attendent. C'est un autre affrontement bruyant entre ceux qui descendent du bateau et tous ceux qui y montent. Avec toujours la même organisation joyeuse, le même préposé à la passerelle.
Enfin ils sont à terre et se mettent en quête d'un lieu où loger. Toutes les habitations regorgent de monde. Les campings sont complets, les hôtels refusent les clients. Le découragement les gagne. Ils sont aux portes de la fatigue. Enfin, ils dénichent une agence immobilière. Quand le patron comprend qu'il n'a pas à faire à des touristes curieux mais à d'authentiques clients, il se démène et leur trouve un logement provisoire.

Les jours suivants l'agent immobilier leur fait visiter plusieurs pas-de-porte en location. Durant la saison touristique les bons emplacements sont rares et chers. Ils doivent attendre et cela n'arrange guère leurs affaires. Yasmina propose alors de placer son argent dans l'achat d'une boutique et louer plutôt un petit logement à Antiparos, puisque c'est en réalité leur projet.

C'est une maisonnette qui ne paye pas de mine à première vue. Mais ils sont sous le charme. Après des travaux intelligents et peu onéreux elle deviendra un charmant petit magasin. Yasmina a l'expérience de la rue et elle sait que l'emplacement sera bon. Elle conclut l'affaire rapidement.

Plus tard, le même agent immobilier se fait prêter le bateau de son cousin et les amène visiter l'unique logement qu'il a trouvé de disponible sur l'île voisine. Il a essayé de les en dissuader mais ils ont gentiment tenus bons. Et devant la fermeté évidente de ses clients, il s'est donc arrangé pour les satisfaire. Yasmina n'a pas marchandé sur la commission. Pour l'établissement de leur projet il convient d'avoir un allié avant d'avoir un ami.

Ils ont eu le coup de foudre pour ce nid qui manque de confort mais qui possède une terrasse sublime face au port. Il est coincé entre un café silencieux et un marchant de légumes philosophe. Le petit port sert à quelques bateaux de pêcheurs mais en cette saison il est encombré par ceux des touristes et par les navettes qui amènent les vacanciers visiter les grottes.
En cette première journée écrasée de soleil il ne reste plus qu'à trouver un bateau.
Le patron de l'agence, toujours lui, connaît bien une veuve de pêcheur. L'imposante barque est à vendre. Le fils a monté un restaurant. Il gagne de l'argent et possède un bateau flambant neuf tout en plastique. Il ne désire pas conserver ce caïque familial. Mais comme il le sait solide, qu'il a fait repeindre la coque en orange et bleu, la cabine en blanc, qu'il a fait réviser le moteur diesel, il en demande un prix déraisonnable. Mais

Yasmina sait marchander. Elle le convainc de baisser. L'affaire est conclue.

Ils s'établissent donc. Peu à peu, ils gagnent la confiance des vrais habitants. Renaud a fait un bon pas dans leur direction en choisissant cette barque traditionnelle. Il n'a pas opté pour un bateau de vacancier. Mais une bonne embarcation bien de chez eux. Avec un filet. Et surtout, cette envie folle qu'il a de pêcher en attendant que la boutique fonctionne bien.

Et puis cette façon de vouloir loger à Antiparos, cela a surpris mais sans déplaire. Yasmina s'acharne à apprendre rapidement la langue et Renaud poussé par cette soif qu'elle a d'avancer fait comme elle. Ils vivent leurs soirées, sur la terrasse, plongés dans les livres.

Quand la boutique est achevée, les touristes sont repartis... Les rues ont retrouvé leur calme. Renaud profite de ce temps pour se balader. L'appareil en bandoulière il prend des clichés des habitants. Il aime à bavarder avec le peu de mots qu'il connaît. Il leur explique qu'il est photographe et que la boutique sera ouverte toute l'année. Qu'il fera toujours un prix pour les natifs de l'île. Parallèlement, il apprend à pêcher avec les hommes du port et surtout il lie des contacts amicaux avec les anciens qui profitent de la quiétude du soir, installés sur les filets posés en tas sur les quais. Il les photographie dans leur vie quotidienne et il a commencé à afficher dans sa vitrine quelques premières belles photographies. Cela plaît beaucoup aussi. Peu à peu il s'attache ses premiers clients et ses premières amitiés.

L'hiver passe.

Un nouvel été lui succède. Yasmina a très vite plongé dans le bouillonnement commercial qu'exige le bon fonctionnement de la boutique. Renaud assume la partie technique. Ici il est bien et il n'a aucun regret. Tout est oublié et il vit le temps présent au maximum.

Un après-midi, quatre ans après leur arrivée, Renaud prépare son bateau.

Un couple d'allemands désire passer la journée en mer pour pêcher, et pour visiter quelques-unes des criques de l'île. Ils ont aussi émis le souhait d'être photographiés si par cas ils sortaient quelques belles prises de l'eau. Le prix ayant été convenu, le rendez-vous est fixé pour le lendemain de très bonne heure. Ces personnes, d'un certain âge, sont logées à  l'hôtel et sont très heureuses à l'idée de cette escapade en mer.

*

Antiparos six heures du matin. L'air est frais. La mer est calme. C'est bien, se dit Renaud. La traversée entre les deux îles sera le premier régal de cette belle journée. Il a donné rendez-vous à ses clients à sept heures devant le moulin du centre d'initiative. Yasmina ouvre la boutique vers neuf heures et c'est l'épicier qui la fera traverser.

Le diesel démarre au quart de tour. Renaud met le cap comme déjà un vieux loup de mer. Antiparos est déjà dans son dos et l'écume qui jaillit sous l'étrave le rince de son dernier sommeil. Il est comme son moteur. Dur au démarrage.

Son casse-croûte est à côté dans un sac plastique que Yasmina a préparé. D'habitude, elle l'accompagne pour la traversée. Mais l'épicier a proposé ses services et elle a préféré rester au lit. La saison est bien avancée et depuis plusieurs jours la fatigue pèse sur son entrain quotidien. C'est elle aussi, qui a eu l'idée de louer le bateau à la journée. De cumuler l'esprit d'une partie de pêche agrémenté d'un reportage.  Les touristes qui passent à la boutique sont ravis de cette initiative. Certains se laissent tenter.

Renaud navigue depuis un bon quart d'heure et la mer devient brusquement mauvaise. Quelques grosses vagues le prennent de travers. Cette attaque sournoise lui fait croire un instant qu'il a commis une erreur de navigation. Qu'il a modifié la position de sa barre et qu'il ne tient plus le bon cap. Mais non ! Un rapide coup d'œil vers la terre le rassure. Il est toujours sur la bonne route. Il distingue au loin les premières constructions du port de Parikia. Il a avalé son casse-croûte et regarde sa montre quand soudain la porte de la cabine s'ouvre violemment.

Quelqu'un surgit. Une ombre noire, farouche et rude lui tombe dessus, lourdement. La peur lui arrache un cri. Le moteur cale. La barre devient folle. Et le bateau tangue dangereusement.
C'est évident... Cet inconnu désire se débarrasser de lui. Il tente de l'étouffer en cherchant dans l'étau de ses mains à lui rompre le cou. La situation est démente.
Alors Renaud se bat, il essaye à plusieurs reprises d'arracher le masque de son agresseur. Mais il n'y arrive pas. Cette scène étrange sous ce ciel de peinture est d'un surréalisme fou.
Livré aux affres d'un combat dont il est l'objet, Renaud défend sa vie comme un forcené en puisant en lui toute la violence dont il est capable.

Son adversaire montre par ailleurs des signes de fatigue et de découragement. Ils sont de la même force. L'effet de surprise n'a pas joué. L'issue du combat devient incertaine. Le foulard de l'inconnu est toujours bien noué et il lui serre le front ainsi que le bas du visage. Seuls les yeux apparaissent. D'une lueur étrange et cruelle.
L'homme abandonne son étreinte puis il se relève vivement. Debout, il domine Renaud qui n'a pas eu la même prestance à se mouvoir. Il cherche autour de lui un objet, une arme, et voit le harpon. Le photographe offre plus de résistance que prévu. Et la rage décuple le mouvement qu'il donne au fer. Renaud, par chance, esquive le premier coup et se jette sur lui dans un élan désordonné avant qu'il ne récidive. Le ceinturant à la taille, ils perdent l'équilibre. Ils passent par-dessus bord.

L'eau est froide, glacée. Renaud ne sait nager que depuis trois ans. Le combat tourne très vite à son désavantage. L'autre tente de lui ouvrir la bouche dans le but évident de le noyer. Les ongles s'incrustent dans ses lèvres, dans ses joues. Mais il tient bon. Ils coulent lentement agrippés l'un à l'autre.

Cet homme veut sa peau. Il est obstiné au point de prendre les risques de se laisser emporter avec lui vers le fond. Pourquoi ? Asphyxié, Renaud use d'un dernier stratagème. Il fait mine d'abandonner la lutte. Sa tête est sur le point d'éclater. Comme il ne se débat plus, l'assassin croit la partie gagnée. Il déploie moins d'efforts. Lorsqu'il desserre ses bras, croyant sa victime étourdie, livrée à la mortelle descente, Renaud malgré ses tympans qui le pressent à l'agonie, passe à l'attaque. Il réussit où son assaillant a échoué. C'est à dire à lui desserrer les lèvres. Les yeux écarquillés malgré la brûlure de l'eau, il n'aperçoit qu'une bouche ouverte qui se vide dans un tourbillon de bulles hystériques. Le masque s'en est allé mais l'eau déforme les traits de son assaillant. L'inconnu emporte dans les profondeurs son identité. Les mains se débattent encore fébrilement puis cessent définitivement leur danse funéraire.

Renaud est sorti vainqueur de cette lutte mortelle. Seulement la situation est désespérée. Il va se noyer à son tour. Au prix d'un effort démesuré, il surmonte la panique. Quand il a voulu nager ses membres ont pesé une tonne. Il s'imagine perdu. Soudain, ses pieds heurtent quelque chose. Un rocher... peu importe ! Il donne un ultime et farouche coup de pied qui le propulse vers le haut, vers la surface. Cependant il ouvre la bouche et l'eau s'engouffre, elle lui broie les entrailles. Son estomac se déchire. Il surmonte l'épreuve et poursuit son élan, accroché à la vie, accroché à son rêve. Son paradis est à quelques brasses à peine au-dessus. Yasmina... Surprise...

Il se débat dans une chorégraphie saccadée. Il aperçoit le ciel bleu derrière le sommet de l'eau. Il crève la surface, ouvre la bouche comme un nouveau-né, à s'en décrocher les muscles. L'air se cogne partout. Il hoquette, tousse, vomit, avale de l'eau, recrache, crie, coule, remonte, aspire encore, gesticule et finit par se calmer. Il est sauf. Mais ce n'est pas gagné.

Mais où est passé la barque ? Il ne la distingue plus. Le moteur s'est arrêté pourtant. Il y a du courant. Il a vraisemblablement dérivé dans la même direction. Il ne doit pas être loin. Hissé sur le promontoire des vagues, il la recherche, la tête tournée dans tous les sens avec l'énergie du désespoir.. Rien… Pas de caïque.

Mais ce jour-là n'est pas celui de son échéance. Il se tortille et finit par l'apercevoir. Il jure avec toute sa hargne retrouvée, tout son bonheur sauvé. Il glorifie la joie d'être encore en vie. Il n'a plus qu'à nager. Après ce qu'il vient de vivre, cela demeure en son esprit d'une certaine facilité. Il puise dans son corps, dans le bout de ses mains, des ses pieds, dans le plus profond de ses poumons, la dernière énergie pour regagner son vieux Périclès. Enfin, accroché à son bateau, à force de patience et d'efforts, il se hisse à son bord. Il s'écroule sur le pont et vomit le restant de son petit déjeuner.

Lentement, Renaud reprend ses esprits. Il s'est assis la tête dans les mains. Son cerveau commotionné s'est remis à fonctionner. Que s'est-il passé ? D'où sort ce type ? Il a été agressé comme dans un film de série noire. Cet homme qu'il ne connaît pas a tout risqué pour l'éliminer. Mais qui est-il donc ? Un complice du proxénète qu'il a abattu et qui aurait voulu le venger ? Un voyou de cet acabit-là aurait-il pris un risque semblable pour l'expédier en pâture aux poissons ? Là-dessus il est perplexe. Le type aurait sans doute utilisé une arme plus expéditive. Non ! se dit-il. Ce mec a été pris au dépourvu. Il n'était pas armé et il l'a attaqué à mains nues. C'était qui ? Un touriste, un villageois ou bien un évadé alors ? Car il existe une autre île plus loin où sont enfermés des malfrats. A-t-il voulu dérober son bateau pour sa cavale ? Autant de questions auxquelles il ne sait que répondre.

*

Renaud démarre le moteur. Sonné, il rejoint toutefois Parikia à petite vitesse. Il est en retard. Ses joues, ses lèvres tuméfiées lui font mal. Mais il n'a rien sur le bateau pour se soigner. Il rejoint ses clients et leur demande de patienter, de s'installer avec leur matériel. Dans le bar, en face du quai, il s'offre une rasade d'un cognac réparateur, puis il rejoint ses clients.

Avec difficulté, il relègue provisoirement cette attaque au fond de son esprit. Il n'a pas envie de prévenir les autorités. Il n'y a pas eu de témoins. Et son passé n'est pas très net de surcroît.
Il a du travail pour la journée et il doit y faire face. Des braves gens attendent tranquillement. Ils n'ont pas rechigné sur le prix et il n'est pas question d'annuler le projet sous prétexte qu'un inconnu gît par plus de dix mètres de fond quelque part dans la mer. Il se décide enfin à démarrer son bateau.
La bonne journée continue.

Le soir, crevé de fatigue, anéanti par le soleil, par l'eau, par l'émotion, il regagne son port d'attache. La nuit est étoilée et Antiparos se profile baigné par les premières ombres de la nuit. Des lumières scintillent. Il y a celle de son logement. Une frêle silhouette sur la terrasse surveille son retour. Yasmina est déjà rentrée sans doute avec un des pêcheurs du village.

Il a décidé de ne rien dire pour ne pas l'alarmer. Ils sont isolés malgré les quelques familles qui vivent à leur côté. En outre cet homme, pour se cacher, comment a-t-il fait ? Qui l'a pris sur son bateau ? Il se promet de procéder à une discrète enquête.
Plusieurs jours de discussions sont nécessaires. Aucun résultat.
Il y a trop de touristes qui louent des embarcations. Retrouver la trace de cet inconnu demeure difficile. Il préfère y renonce.

Les jours passent. Renaud comme tout habitant de cet endroit accomplit les tâches quotidiennes qui lui incombent. L'attaque tragique se dilue dans les souvenirs, ceux auxquels il n'est pas bon de penser. Il en a malheureusement trop à son gré. Et c'est pour cette raison qu'il a cette propension à les oublier.
La saison a été bonne... La meilleure de toutes. De nombreux clients ont franchi le seuil de la boutique. Le stock d'appareils étanches que Yasmina a commissionné est entièrement parti. En

fait de coup d'essai c'est un coup de maître. Ils ont besoin aussi de s'habiller pour l'hiver. Les belles boutiques d'Athènes sont un cadeau que Renaud désire offrir à sa compagne. Ce n'est pas si loin. Ils ne sont jamais repartis depuis le premier jour de leur arrivée.

Yasmina le mérite. Elle est parfaite et il s'interroge souvent, à savoir comment une femme pareille vit encore avec lui. On les prend pour père et fille. Elle est si jolie. Elle paraît si jeune. Son corps superbe qu'elle ne met pas en valeur accroche pourtant le regard de bien des hommes. Le bitume de Paris paraît si loin... Au terme de ces quatre années elle reste toujours fidèle au côté du photographe vieillissant. Parfois... elle va alors le chercher et lui offre son corps, tendrement, en douceur, sur leur terrasse, à l'abri des regards, le ciel étoilé au-dessus d'eux, les vagues perdues au loin dans le bleu sombre de la nuit.
Une nouvelle année démarre.

La cinquième saison. Sur l'île c'est ainsi que le temps qui passe se détermine. Un matin, alors qu'il travaille dans la boutique, le facteur frappe à la porte. Yasmina fait le marché.
- Le courrier monsieur Damier.
- Si tôt ?
- C'est que ce matin je pars à la chasse. Avec vous je termine ma tournée. Les autres attendront. Mais vous, c'est important. Il faut une signature.

Renaud s'exécute. La lettre à la main, il suit du regard le jeune homme. Le bonheur est bien loti sous sa casquette officielle. Au même âge, avait-il la même joie dans les yeux, la même force tranquille dans son esprit ? Il sait bien que non.
Il se préoccupe alors de la lettre. Il la tourne et retourne dans ses mains avant de l'ouvrir. Elle est curieuse. Elle ne vient pas d'un fournisseur mais d'un pays qu'il a trop bien connu. C'est ça qui le dérange. C'est pour cela qu'il hésite devant ce timbre à l'effigie de sa majesté le roi du Maroc. Il se traite d'idiot et la décachette nerveusement.

C'est une écriture régulière, ordonnée, sans personnalité. Une écriture de machine à écrire.

*Madame.*

*L'année dernière, avec mon mari, nous sommes venus passer nos vacances dans votre île. Nous avons fait des photographies au cours de notre séjour et je suis venue dans votre boutique pour que vous développiez sur papier des photos que j'avais mises sur une clé USB que je vous ai laissée.*

*Or, un malheur m'a frappée cruellement. Mon mari à disparu à cette époque. Quelques jours plus tard, la police m'a prévenue qu'ils avaient retrouvé un corps abîmé au fond d'une crique. Comme j'avais signalé sa disparition, et grâce à une bague précise que je leur avais décrite, il n'y avait malheureusement aucun doute. Mon mari s'était noyé. J'ai complètement oublié ma visite chez vous.*

*Ce n'est qu'aujourd'hui, en remettant de l'ordre dans tous mes souvenirs, que je me rappelle votre magasin.*

*Aussi, je vous demande d'avoir l'amabilité, si c'est possible, de m'envoyer les dernières photos de mon cher défunt. Ci-joint un mandat qui je pense vous dédommagera de vos recherches et du prix de votre future expédition.*

*Madame Padilla.*

Renaud pose la lettre sur le comptoir et prend un siège. Ainsi, l'homme qui a tenté le tuer était marié. Sa femme l'a attendu et, bien sûr, il n'est jamais rentré. Ce Padilla et son inconnu ne font qu'un. A ne pas en douter. Il avait pourtant enfoui cet épisode dramatique dans le panier nommé « mystères non résolus » de son cerveau. Et voilà que cette sombre histoire refaisait surface. Mais cela n'avait rien de surprenant. Toute sa vie avait été ainsi jalonnée par des faits troublants, énigmatiques, marquée par des actes troublants, des coïncidences incompréhensibles. Il n'avait jamais eu de réponses satisfaisantes. Pourtant, cette fois-ci, il possède un indice de taille. Il a un nom. Il existe une femme qui peut l'éclairer sur certains points.

Sans tarder il plonge dans ses cartons, fouille dans des boites de tirages oubliés, ou mal développés. Il ne jette rien et il y a donc de la matière. La description des clichés de cette madame Padilla jointe à la lettre est sans équivoque. Curieusement il ne trouve rien. Elle a pourtant joint le reçu que Yasmina donne aux clients. Cependant, même avec le numéro du ticket, il n'y a rien à faire.

Il cesse de remuer les boites. Assis en tailleur sur la moquette car il y a de tout partout maintenant il se remémore cet homme. Pourquoi ce nommé Padilla a-t-il cherché à le tuer ? Pourquoi a-t-il quitté son hôtel toute une nuit, à l'attendre sur son bateau pour ensuite essayer de le supprimer au petit matin ?

Sa vie a été jalonnée de rencontres anormales. Ces carrefours illogiques à trois dimensions ont tout détruit, son existence, son métier, ses espérances. Vers midi, il abandonne les recherches. Une question sans réponse le brûle. Tous les cartons sont vides. En quatre années il n'y en a pas eu autant que cela. Les clients oublient rarement leurs commandes. Pourquoi n'arrive-t-il pas à mettre la main sur ces photographies ?

\*

L'après-midi Yasmina le rejoint.

Le bateau d'Athènes est arrivé la veille et sur le port règne une certaine tranquillité. La jeune femme est toujours aussi belle. Un pantalon blanc immaculé mais qui ne la moule pas. Des chaussures blanches mais avec un talon bien plat pour mieux sauter d'un bateau à un autre. Une chemisette d'homme nouée sur le devant qui laisse deviner une poitrine ferme et si douce. Une femme moderne, à l'aise, qui le regarde avec un drôle d'air parmi ce désordre inhabituel.

Renaud est énervé et elle le lui fait remarquer. Quelque chose ne tourne pas rond. La lettre est posée sur le comptoir en bois. D'un geste du menton il la lui désigne. Elle s'en saisit. Après l'avoir parcourue rapidement, elle la repose et lui tourne le dos. Il lui  demande alors :

- Tu ne saurais pas, par hasard, où se trouve cette clé USB et les photographies que nous avons dû certainement développer ? Quand même ! Les avoir égarées ainsi, c'est plutôt fort non ?

Toujours tournée, les épaules un peu affaissées, elle lui répond :
- Non ! Pourquoi ? Tu ne les trouves pas ?
- Tant pis ! Je vais répondre qu'elle m'expédie une photo d'elle et de son défunt mari. J'aurais ainsi une chance peut-être de les retrouver. Mais c'est rudement curieux quand même…
- Tu vas réellement lui réclamer ces photos ?

Dans le ton de ces paroles il y a un accent vaguement inquiet. Comme il est difficile de garder un lourd secret, parce qu'un an s'est presque écoulé depuis la mort de cet homme, parce que Yasmina l'a sauvé d'une morne vieillesse et qu'elle lui a offert un paradis et une dignité, et aussi parce que jusqu'à maintenant il ne lui a rien caché et qu'il a honte de ne lui avoir jamais soufflé mot de son agression, il la saisit tendrement par les mains, la fait asseoir par terre, parmi les clichés éparpillés et les yeux chevillés dans les siens, il lui raconte tout.

Quand il a terminé, pour une raison qu'il ignore, elle éclate en sanglots. Renaud s'empresse d'essuyer ses larmes et lui relève le menton à hauteur de ses lèvres. Doucement, délicatement il l'attire contre lui. Pour la calmer, il lui souffle quelques mots idiots pour déclencher un sourire, surtout pour lui montrer que ce n'est pas si grave. Mais il a soif de savoir. Aussi lorsqu'il la croit en état il lui demande pourquoi elle se met dans un tel état. Elle sèche ses larmes puis elle lui dit :
- Rentrons chez nous. Je vais te montrer quelque chose.

Renaud ne s'attendait pas à cela. Ils ferment prématurément le magasin et ils prennent le chemin du retour. La mer est calme. Les vagues sont tranquilles. Le vent qui s'agitait depuis trois jours a faibli. Ils naviguent en silence, retranchés chacun dans leurs pensées à peine troublées par le ronron du moteur.

A la maison il laisse couler les choses sans oser rien brusquer. Yasmina se déshabille. En tee-shirt et culotte, comme elle aime être quand elle est chez elle, protégée par des volets clos qui ne laissent filtrer que des rayons de lumière, Yasmina se sert un verre d'eau fraîche et lui en propose un. Il refuse.

Installé sur le divan il attend qu'elle prenne l'initiative. Puisque rien ne se passe, il brise le silence par un petit mot. Un mot fabriqué de timidité.

- Alors ?

Elle lui demande de patienter et se rend dans la salle de bain. Il l'entend ouvrir son placard. Quand elle revient dans la pièce, elle tient serré un paquet ficelé avec du papier rouge tamponné de l'en-tête du magasin. Toujours sans un mot elle le lui donne. Il hésite avant de s'en saisir. Il est clair que ce paquet contient les photographies qu'il cherche en vain depuis le matin.

Ce cérémonial lui fiche la frousse car il ne pige rien. L'angoisse l'étreint soudain comme autrefois. Quel rapport y a-t-il entre ce couple, Yasmina et lui ?

Avec un sanglot dans la voix, elle lui confie :

- Excuse-moi ! J'ai eu très peur pour notre paradis. Mais après tout, le bonheur se gagne et je n'aurais jamais dû te les cacher. Ce sont les photographies que tu cherches. Elles m'effraient.

- Mais pourquoi ?

- Je ne voulais pas te perdre... Je t'aime Renaud. Petit à petit notre complicité s'est transformé en un sentiment plus fort ? Je ne sais pas si cela s'appelle de l'amour. Oui... Peut-être bien après tout ! Un amour tranquille certes mais c'est sûrement de l'amour puisque je ne suis heureuse que lorsque tu es près de moi. Après tout ce que j'ai vécu à Paris, tous ces hommes, je n'envisage pas d'être séparé de toi. J'ai eu très peur que cela arrive en découvrant ces photographies. C'est pour cette raison que je les ai cachées dans mes affaires personnelles où je sais que tu as la délicatesse de ne jamais regarder.

C'est la première fois qu'elle évoque ses sentiments. Combien de fois a-t-il voulu confier ce que lui éprouvait ! Il a toujours eu peur d'être ridicule.
- Regarde donc tu comprendras !

Fébrilement, Renaud déchire le papier rouge. Une photographie s'échappe du paquet et tombe sur le carrelage. Il se penche et sa main s'immobilise.
- Comment se fait-il ? balbutie-t-il.
- Tu étais sur ton bateau avec des touristes. Quand cette femme est entrée dans la boutique, je dois préciser seule car son mari n'étais pas là, j'ai eu un choc. Elle me ressemblait tellement que j'ai été assez impressionnée. Elle aussi était étonnée par cette ressemblance et nous avons pas mal bavardé à ce sujet. Mais je n'ai rien dit à ton sujet. Je me suis souvenu bien sûr de cette fameuse Surprise dont tu me parlais tant lorsque tu venais dans ma chambre quand je faisais la pute. J'ai évité de t'en parler et j'ai décidé de les développer moi-même. Je ne m'attendais pas à la suite. Car ce que j'ai découvert m'a rempli d'effroi.
- A mon sujet ?
- Regarde les autres photos.

Renaud vide la boite et il étale les photos nerveusement sur la table. Il s'en saisit d'une et la regarde avec attention. Il reconnaît Surprise malgré quelques années supplémentaires. Mais il n'a pas le temps de ressentir une quelconque émotion car il reçoit la foudre sur la tête quand il voit l'homme qui se tient aux côtés de Mme Padilla puisque c'est à priori le nom que porte Surprise. Par un prodige mystérieux et incompréhensible c'est lui-même qui tient la jeune femme par la taille. C'est lui avec une tenue estivale blanche très classe, des lunettes noires coincées sur la tête, arborant un sourire de vainqueur sur un visage bronzé.

Il éparpille les autres photos. Encore lui ! Toujours lui auprès de sa femme soi-disant. Sur d'autres il est tout seul avec ce même sourire supérieur... Certaines sont aussi des portraits de Surprise ou de Mme Padilla. Il ne sait plus à quoi s'en tenir.

Yasmina a eu un an pour réfléchir. Elle le reprend.
- Non ! C'est lui ton sosie. C'est lui qui t'a ruiné. C'est lui qui a pris ta place autrefois. C'est lui encore qui a volé ton amour. C'est lui qui t'a volé Surprise.

Et se ressaisissant Renaud poursuit à son tour :
- C'est toujours lui qui par un miracle incroyable m'a reconnu dans la rue ou dans les environs. Il a pris peur. Il a pensé que je pouvais rencontrer sa femme à n'importe quel moment, sur le port, sur la plage, à la terrasse d'un café. Et il a tenté de me supprimer.

Ils restent un long moment muet devant cette tragédie. Toutes les questions demeurées sans réponse tout au long de ces tristes années trouvent enfin aujourd'hui leur réponse. C'est comme un immense puzzle qui s'achève. Toutefois il manque encore des morceaux. Mais ce n'est plus qu'une question de temps.
- Tu as eu peur que je te quitte ? lui demande-t-il.

D'un hochement noyé de larmes, elle répond par l'affirmative. Il l'entoure dans le cercle de ses bras et tente de la rassurer. Surprise ce n'est qu'un rêve. C'est cette image qui l'a conduit irrémédiablement vers son destin. Vers la rue Saint-Denis. Il fallait que Surprise existe pour qu'il puisse rencontrer Yasmina. L'une et l'autre sont étroitement liée. A jamais. L'une et l'autre ne sont qu'une seule. Voilà la vérité.

C'est vrai qu'il a une foule de questions à poser à Surprise. De rejoindre sur-le-champ cette madame Padilla puisque c'est son nom. Un nom certainement issu d'un vilain tour de magie.

*

179

Yasmina doit accepter. Et elle accepte.

Une à une, silencieusement, elle lui tend les photographies et elle les commente d'une voix basse. Une façon de souligner la gravité du moment.

- Tu dois t'y rendre. Et seul ! Pour mille raisons.

Elle pointe un doigt sur le cliché qu'elle regarde.

- Vois-tu ? Ton monsieur Padilla était prestidigitateur. Regarde derrière lui. Là ! L'affiche de magicien sur le mur.

En effet, au second plan, apparaît parfois une sorte de relique, de papier froissée qu'il traînait vraisemblablement d'un hôtel à l'autre, parce qu'elle flattait sa vanité. Le gros titre montre qu'il était passé en vedette à Vegas. La ressemblance avec Renaud est à s'y tromper, machiavélique. Il se faisait appeler le sorcier. Ce mot sonne douloureusement. Il réveille le souvenir du conte, le fondement de cette histoire surprenante. L'amant de Surprise à Tineghir.

- Arou le Sorcier… De père en fils ! soupire-t-il.

- Tu es certain ?

- Le salaud ! poursuit-il. Mais comment a-t-il fait pour prendre mon apparence ?

- Il n'est pas sûr que madame Padilla pourra répondre à toutes tes questions.

Yasmina n'a pas prononcé le mot Surprise car ce nom elle se l'est approprié. Renaud s'est accroché à ce petit rituel. Au cours de ces quelques années il le lui a souvent murmuré. Comme un jeu ! Un accord tacite entre eux. Paradoxalement Surprise était le lien qui les unissait.

- C'est vrai. Elle a été dupée.

Yasmina se lève et l'interrompt. Elle a capté sa pensée.

- Elle a cru durant toutes ces années vivre avec toi. Ou bien il existe une deuxième possibilité mais elle nous échappe. Mais comment expliquer ?

Maintenant la jeune femme s'affaire près d'une valise. Elle est organisée, clairvoyante. Elle lui dicte ce qu'il doit faire. Elle prend tout en charge. Renaud est complètement déstabilisé. Il tourne en rond comme un animal sauvage d'une pièce à l'autre, d'une photographie à l'autre, d'une supposition à l'autre.
Le lendemain la valise est bouclée.

Ils ont passé une nuit sans sommeil entrecoupée de promesses. Toujours la même : celle de revenir. Il promet pour qu'elle ne s'inquiète pas tandis que de son côté elle n'a de cesse de lui prodiguer des encouragements pour affronter ce périlleux retour sur son passé. Elle le sait faible. Naïf. Elle est consciente d'un danger. Elle a le trac... Surprise comme souvenir c'était bien. Surprise, ce prénom pour s'amuser au lit, avait aussi permis à Renaud d'exorciser son image. Mais une Surprise bien réelle c'est angoissant, se dit-elle, en rangeant les photos qui étaient restées en vrac sur la table.

Yasmina l'accompagne jusqu'à Athènes. Ce jour-là il n'y a pas de vol direct vers le Maroc. Il prend donc un billet pour Rabat via Paris. Le voyage est pénible et long. Il est seul. Il a supplié Yasmina de l'accompagner. Mais elle est restée ferme dans sa décision. Et puis a-t-elle prétexté, la boutique ne peut pas rester fermée trop longtemps.

Rabat.
La salle de débarquement est pleine à craquer. L'avion continue sur Casablanca et il a du retard sur l'horaire. On les a pressés de sortir. Dehors, il respire l'odeur des orangers, des eucalyptus avec un sentiment d'ivresse. Cette odeur qu'il retrouve, cette odeur chère à sa jeunesse, est liée à son amour. Devant lui, une file de petits taxis. Ils attendent le client sans impatience. Il fait bon à l'ombre. Il choisit la première voiture et se fait conduire directement au quartier des Oudayas.
Il tend au chauffeur un bout de papier sur lequel il a griffonné l'adresse. Mais l'homme parle mal le français. A vrai dire, il ne sait pas le lire. Renaud s'applique donc à lui réciter le texte. A

la troisième tentative le message est passé. La voiture démarre dans un bruit de pistons fatigués. Accroché à la poignée arrière, il profite du paysage des rues et redécouvre les couleurs de ce pays merveilleux. Mais le cœur n'y est pas.

Brusquement le véhicule freine. Un accident. Ils attendent en plein soleil un bon quart d'heure avant de pouvoir avancer. Une charrette écartelée encombre une partie de la route. Un vieux cheval couché sur le côté, immobile, vraisemblablement mort, est l'objet d'une importante palabre. Ils roulent sur des tomates, des salades et des melons. Des klaxons fusent. Des policiers en uniformes verts, passablement débraillés, essayent vainement de canaliser le flot impatient des véhicules. A une centaine de mètres, bloquée, une ambulance vétuste de marque américaine tente d'approcher les lieux. Tandis qu'un homme gît inerte sur la chaussée et qu'un autre se tient assis dans le fossé, une jambe rouge de sang.

Renaud le nez contre le carreau de la vitre ne voit rien de cette tragique pièce de théâtre. Il est loin. Il marche sous un soleil de plomb. En direction d'un mur de lauriers roses.
Dans le quartier des Oudayas règne un certain calme. Malgré la foule bigarrée qui s'engouffre dans la rue des Consuls, le bruit semble différent. Salé, la ville pauvre, la ville sœur déploie de l'autre côté du Bou Regreb ses maisons blanches et modestes. Dans le creux de la rivière la marina Fairmont, un ensemble hôtelier grand luxe, a défiguré l'ancestral paysage.

La maison qui abrite Surprise est une des plus belles. Il paye le taxi et le renvoie. Renaud est sur le trottoir. Désemparé. Seul. Il est malade de peur. Ridicule devant cette porte rouge. Il fixe la main de cuivre, la main de Fatima. Il tarde à l'empoigner pour annoncer sa venue. Après ces années c'est très dur. Pas évident. Il reste là, comme un imbécile, hésitant, devant cette porte. Il est complètement paralysé.

\*

C'est une servante qui vient ouvrir. Il s'attendait à être reconnu, puisqu'il possède le même visage que Padilla mais il n'en est rien. Il en déduit qu'elle est nouvelle et qu'elle ne connaît pas l'ancien maître des lieux. Car il est inimaginable qu'elle puisse avoir tant de contrôle sur elle-même. Un homme qui revient de derrière la mort ce n'est pas si courant. Par contre, il redoute la réaction de Surprise. Mais comment faire ? Il n'a trouvé que la solution brutale d'une rencontre sans détour. Il a prévu de se faire passer pour son mari et de jouer à l'amnésique. Après il verra. Il espère que la réaction de Surprise en se trouvant face à un homme qu'elle croyait mort ne sera pas trop traumatisante.
- Je voudrais parler à Madame Padilla.

La femme s'efface et lui fait signe de le suivre. Ils contournent la maison et Renaud se fige devant un bassin rond. L'eau brille de mille éclats sous le soleil. A pas feutrés, il s'en approche et contemple ému le fond en mosaïques sous le regard étonné de la servante. Il se reprend :
- Cette piscine m'en rappelle une autre. Excusez-moi !

Ils débouchent sur une grande véranda face au fleuve. La vue est splendide.
- Madame est là !

Puis elle tourne les talons. Surprise est assise sur un pouf rouge et noir. Elle est drapée dans une robe, bleue azur, brodée avec des fils d'argent. Elle arbore une chevelure longue et soyeuse. Dès qu'elle le voit, elle se lève et pousse un cri étouffé. Elle chancelle et il se précipite. Nichée dans ses bras, elle se met à pleurer. Mais elle se ressaisit et modère sa faiblesse. Libérée de son étreinte elle se contente de lui serrer les mains.
- Tu es vivant ? Tu es vivant ?

Renaud a préparé sa réplique.
- Les Grecs sont des imbéciles.

Il est horriblement gêné. Il ne sait quoi dire. Il enchaîne :

- Que c'est bon de te retrouver !
Elle le regarde enfin. Mieux.
- Comme tu as changé !

Il a peur qu'elle ne devine mais il réalise que le subterfuge a marché. Elle le prend réellement pour son mari. Puis il la prie de s'asseoir. Ce qu'il a à raconter est assez long. Il a fabriqué une histoire. Pour lui expliquer sa longue absence. Pour gagner du temps. Surtout pour attendre qu'une ouverture se crée. Pour qu'il puisse s'y engouffrer et lui dévoiler l'horrible vérité.

Il sent sa jambe tiède contre la sienne et retrouve sa confiance instantanément. Il s'emploie à lui narrer sa petite histoire. Il lui dit qu'il a été agressé, dépouillé de tout, même de sa bague, et laissé pour mort dans un coin désert. Comment des vacanciers qui possédaient un yacht l'ont sauvé, l'ont conduit au Pirée. Il explique son amnésie, sans aucun papier d'identité pour l'aider à retrouver la mémoire, puis son errance à travers les hôpitaux d'Athènes, et heureusement la guérison qui survient et qui clôt ce chapelet de mois obscurs.

Surprise est très étonnée. Peut-être ne le croit-elle qu'à moitié ? L'homme qu'il remplace en cette minute ne devait pas toujours être tendre envers son épouse, estime-t-il. Obéir et souffrir... Croire ou feindre... Ce voleur de vie, cet assassin, vivait dans un mensonge permanent, dans des balivernes quotidiennes pour cacher ses frasques. Tel devait être le lot quotidien de Surprise, pense avec force Renaud qui ne peut imaginer une seconde que cet homme, ait pu avoir un autre comportement avec la jeune femme.
- Les gendarmes ont fait la confusion à cause de la bague. Cet homme qu'ils ont retrouvé mort devait être un de ceux qui m'ont agressé. Voilà l'explication !

Surprise semble le croire. Il a envie de la prendre dans ses bras. Mais il se méfie. Une intuition lui souffle que l'autre ne devait

pas lui offrir souvent des moments de tendresse. Elle le regarde une nouvelle fois avec beaucoup d'insistance :
- Tu as vraiment changé ! Tu as perdu ton ventre. Tu as le visage maigri et tu es sacrément bronzé. Et tes magnifiques cheveux noirs sont gris. Pauvre amour…

Elle vient de prononcer cela avec cette intonation de voix, cette vibration si tendre et si espiègle d'autrefois.
Renaud est davantage à son aise. L'ambiance moins grave. La conversation plus détendue. Il la dévisage avec beaucoup plus d'attention. Elle est quand même différente. Le temps a laissé aussi sa marque. Elle est devenue une femme sage, mesurée, douce.
La nuit est tombée.

Surprise ne fait aucune objection quand il désire s'installer dans la chambre qui jouxte la sienne ou la leur. Il ne sait pas trop. Il se sert du personnage encore sous le choc, de son amnésie, pour éviter les questions, les attitudes auxquelles il ne peut répondre sans se trahir.
Elle le trouve plus gentil et lui avoue en riant :
- Tu aurais dû perdre tes pensées bien avant, pauvre chéri !

Renaud n'est nullement surpris.. Il ne peut qu' approuver cette réflexion mais en feignant d'être étonné. Puis quand il la sent prête, suffisamment en confiance, il prétexte qu'il a oublié le début de leur existence. Les premiers instants de leur amour. Il voudrait qu'elle lui raconte. Qu'elle soigne sa mémoire. Ce sont ses propres termes. Ils retournent au salon.

*

C'est de cette façon détournée qu'il apprend la vérité. Pourquoi il a abandonné le métier de photographe. L'usurpateur n'avait pas voulu de cette vie de labeur, sans prestige. Il était dévoré par l'idée de vivre de la prestidigitation, d'une vie de lumière sous les projecteurs, de profiter des dons que lui avait offerts le ciel. Dons qu'elle n'avait jamais soupçonnés puisqu'il ne lui en avait jamais parlé. Cela se tient, murmure-t-il, en aparté.

Alors, elle lui rappelle sa démission, l'entretien avec son patron qui s'est mal passé. Qu'elle y a assisté et qu'elle n'a jamais été d'accord lorsqu'il s'est mis en tête de voler les appareils photos ainsi que le reste comme une prime d'indemnisation. Ensuite, il y a eu la vente de la voiture. Elle n'était pas assez belle. Puis, elle lui récite, mot pour mot, la dispute qui a suivi quand il a rendu l'appartement et qu'il a annoncé qu'il partait seul pour l'Amérique. Elle ne l'a rejoint que trois mois après. Trois mois seule où elle est restée enfermée dans une chambre minable avec le peu d'argent qu'il lui avait laissé. Il avait pris soin au préalable de vider le compte en banque, d'établir sans scrupule une série de chèques sans provisions.

Surprise parle les yeux baissés. Elle profite ainsi de l'occasion pour alléger sa rancune. C'est pour elle une manière détournée de dire enfin à son mari qu'il a mal agi. Des phrases, des mots qu'elle gardait enfouie depuis tant d'années. Elle lui donne les détails de leur vie en Amérique. Leurs innombrables tournées. La consécration dans le métier et l'argent en quantité.
- C'est vrai que tu étais doué, mon chéri ! Aujourd'hui encore tu n'as jamais voulu me révéler le plus petit de tes secrets. Mais je ne te crois pas quand tu m'affirmes qu'il n'y a aucun truc. Que cela ne tient qu'à la sorcellerie ! J'espère que ton amnésie ne te les a pas fait oublier ?

Renaud la rassérène vite.
- Non ! Ne t'inquiète pas... Puisque ce sont des dons. C'est en moi.

Il n'est point rassuré en disant cela. L'homme qui l'a attaqué possédait un côté satanique. Celui-ci pourrait revenir. Peut-être ne s'est-il pas noyé ?

Comme elle se tait, il lui demande de continuer.

Elle lui confie que plus tard, ils sont partis pour le Maroc. Sa réputation était arrivée jusqu'aux oreilles de sa majesté le roi. Il l'avait convoqué, apprécié et il lui avait proposé un important poste au sein de la cour. L'honneur et la richesse dans une autre existence avec ses entrées au sein du palais royal. C'était encore leur vie avant ce déplorable voyage en Grèce. Et puis enfin le drame, sa disparition. Son attente à elle à l'hôtel de Paros et son retour à Rabat, seule et rongée par l'incertitude.

Contre toute attente, Surprise s'approche de Renaud et elle lui prend le visage. Lentement elle lui offre un baiser qui est une demande. Il est affolé... Il a peur qu'elle se rende compte qu'il n'est pas son mari. Il existe des signes intimes qui ne trompent pas. Il s'esquive adroitement. Déçue, elle lui souhaite le bonsoir et se retire dans sa chambre.

Il est une heure du matin... Depuis leurs retrouvailles, ils n'ont pas cessé de parler. Ils n'ont pas pris le temps de manger. Mais juste de boire en se servant des verres d'une orangeade que la servante leur avait apportée. Renaud s'interroge encore. C'est le moment, décide-t-il. Il attend cinq minutes et rejoint Surprise dans sa chambre. Elle est en chemise de nuit, assise devant sa coiffeuse. Elle se brosse les cheveux. Il est rentré sans frapper. Comme un mari pressé !
- Quel âge as-tu véritablement ?

Elle le dévisage intensément. Elle répond toutefois :
- J'avais cent-vingt ans environ quand tu m'as connue. Mais as-tu oublié que tu n'y as jamais cru ? Je n'aime pas compter ces années. Mais pourquoi me demandes-tu cela au bout de vingt ans mon chéri ? Nous avions convenu de ne jamais en parler.

Elle dit « mon chéri » par habitude. L'amertume a pris le pas sur la tendresse. Bien entendu, il s'attendait à une réponse de ce genre. Pourtant son visage a pris la pâleur de l'émotion. Cette idée de quasi-immortalité le trouble toujours autant.
Il répond posément :

- C'est vrai que je ne suis plus le même homme. Puisque nous parlons de ton âge, ne m'as-tu pas dit autrefois, qu'après notre première nuit d'amour, tu devais mourir ? Pourquoi alors es-tu encore vivante et en pleine forme à première vue ? J'avoue que mon amnésie me joue encore des tours, se reprend-il.
- Tu ne me l'as jamais demandé.
- Et bien ce soir je te le demande.

Elle se lève et s'installe sur son lit. Calée contre un oreiller elle lui raconte :
- Mon père était un grand alchimiste mais il s'est trompé dans ses calculs. Ou peut-être, et je préfère penser cela, a-t-il eu un dernier élan de cœur pour sa fille en changeant la malédiction de direction ? Dès que je me suis réveillée dans ce grand lit merveilleux de ce magnifique hôtel où nous avons passé notre fameuse nuit magique, je me suis réfugiée à Tinerghir. Je ne savais pas comment la mort se manifesterait... Un jour, une semaine, un mois après… Lentement ou brutalement. C'était le mystère. Bien sûr, je n'ai pas retrouvé l'oasis tel que je l'avais connu. Un hôtel immense avait bouleversé l'âme de mon Éden. Je désirais mourir dans mon jardin or celui-ci avait disparu curieusement. Désespérée, je me suis éloignée en pleurant et je me suis allée chez une vieille femme que je connaissais et qui vivais dans le village. Plus tard j'ai compris que je n'allais pas mourir.
- Comment cela ?
- J'ai eu pour la première fois de ma longue vie une rage de dents épouvantable. A tel point que l'on m'a conduite en taxi à Marrakech. A l'hôpital j'ai cru que c'était fini. Que mon dernier jour, suivant la prédiction, était arrivé. On m'a anesthésiée et quand je me suis réveillée j'ai tout de suite soupçonné la vérité.
- Quelle vérité ?
- En fait, je n'allais pas mourir. Mais j'ai seulement repris le cycle normal de mon existence. Mon corps immortel, insensible aux maladies, reprenait son fonctionnement normal comme un simple être humain. J'avais une vie entière devant moi. C'était formidable. Quel bonheur ! Et je t'avais. Je n'avais plus qu'à te

retrouver. J'ai aussitôt téléphoné à Paris mais tu étais déjà parti à ma recherche. Je suis revenu à Tinerghir pour prendre mes affaires. Je comptais m'en retourner immédiatement en France. Mais en arrivant au village, tu étais là et tu m'attendais. Faut-il que je te raconte la suite ? Ou tout ça te revient-il maintenant ?

- Tu as mis combien de temps pour te rendre compte que celui dont tu étais si amoureuse ne t'aimait pas sincèrement ? Qu'il était devenu très différent ! Qu'il était dur et calculateur, voleur, infidèle et brutal !

Surprise le fixe. Interloquée par cette remarque.

- On dirait que tu parles de toi comme d'un autre ? Mais tu as raison. Oui, c'est cela... Tu avais changé. Mais aujourd'hui j'ai l'impression que tu es redevenu celui que j'ai connu autrefois.

- Et qu'est-il arrivé à ton premier amant ? Arou, celui du petit livre.

- Je ne sais pas. Théoriquement son sort était lié au mien. Mais depuis ma fuite de l'oasis, le lendemain de notre rencontre, je n'ai plus entendu parler de lui. C'est probablement lui qui a vendu le terrain. Il a disparu avec l'argent que lui a versé la chaîne d'hôtels. Lui non plus ne devait pas aimer, ni éprouver du plaisir dans les bras d'une femme. Il a suivi certainement le même chemin que moi et s'apercevoir que le charme n'agissait plus.

- Oui, mais pour ça, il y avait une condition. Avoir le désir d'en finir avec cette morne existence immobile. Si tu n'avais jamais eu cette lassitude, tu serais encore immortelle.

- C'est vrai. Il a dû être très surpris de constater qu'un jour ses jambes éprouvaient de la fatigue. Ou peut-être est-il toujours immortel, comment savoir ?

L'ouverture semble à ce stade de la discussion parfaite. Renaud s'y engouffre. Il jette la phrase. Il jette son masque.

- Il est mort !

- Comment ? reprend-elle en le regardant de ses grands yeux fatigués.

Elle agrippe son oreiller et attend la suite avec la plus grande des anxiétés. Quelque chose lui échappe.

*

C'est maintenant au tour d'y aller de son propre récit... Il pose calmement les premiers mots. Avec douceur. Il lui conte sa première agression à Tinerghir par celui qui a pris sa vie, pris l'apparence de son corps. Il décrit son long séjour parmi les touaregs, son retour à Paris et son désarroi devant le pillage de son travail, de son argent. Puis il parle de sa vie misérable et enfin de sa rencontre avec Yasmina.

Elle l'a écouté sans l'interrompre, le corps figé, écrasé dans ses oreillers protecteurs. Elle a juste poussé, de temps à autre, des soupirs, des esquisses de sanglots. Elle le croit fou. Amnésique et fou. Elle ne le croit pas. Il est devant cette incompréhension qu'elle dresse inconsciemment pour se protéger d'une si grande trahison. Renaud n'a de solution que de la laisser se reposer.

Le lendemain, il la retrouve près du bassin. Elle l'attend devant un thé à la menthe. Il désire passer un coup de fil à Yasmina. Il la supplie encore une fois de se déplacer, de les rejoindre. Elle pourrait convaincre Surprise que ce qu'il dit est la vérité. Elle refuse. Par contre, elle lui propose de la ramener avec lui.
- Tout le monde te connaît ici. Elle ne pourra que se rendre à l'évidence.

Renaud raccroche. L'idée est bonne. Encore faut-il que Surprise accepte un tel voyage. La servante vient de déposer sur la table un verre d'eau et un médicament. C'est une boite de calmant. Il hoche la tête et tente de reprendre la conversation de la veille.

Durant la nuit il a eu le temps de reconstituer la chronologie des événements. Au cours de leur longue captivité dans l'oasis les deux jeunes gens avaient vécu retranchés dans leur caractère. A la longue, Arou avait compensé l'absence d'amour et de plaisir par la chasse et l'ivresse des armes. Il ne s'ennuyait jamais. Sa jeune et infortunée compagne, au contraire, était différente. Son mal de vivre était devenu plus profond, la blessure plus cruelle. Au fil des années il s'en était inquiété et il l'avait faite surveiller par ses sbires de peur qu'elle ne commette l'irréparable avec le premier venu.

Sans doute, au cours de ces années, Arou s'était-il employé à faire disparaître les rares prétendants qui auraient pu plaire à la jeune prisonnière et la délivrer ainsi de sa malédiction. Le mur de lauriers roses les avait protégés de ce monde extérieur qui avait évolué, qui avait changé et qui se tournait vers une autre forme de civilisation. Voilà pourquoi ce lieu était redouté des paysans. Voilà pourquoi, la première fois, quand il avait voulu pénétrer dans ce cercle de folie, la pauvre vieille avait essayé de le convaincre de ne pas s'y rendre. Elle connaissait l'endroit et elle avait entendu parler de certaines disparitions.

En outre Renaud avait des doutes sur cette notion du temps, sur ces cent-vingt années passées dans l'oasis. Ici le temps semblait différent, ralenti. Sans doute la véritable malédiction avait été de leur faire croire à cette prétendue immortalité. Les jeunes gens auraient vécus là qu'une dizaine d'années au maximum. Il aurait suffi de quelques plantes médicinales.

Et puis un jour, Arou avait trouvé la solution. Il possédait un allié précieux : le temps. Même s'il avait hérité de la plupart des secrets des sorciers ses pouvoirs étaient limités. S'il ne pouvait se soustraire au sortilège dans lequel le père de Surprise l'avait enfermé, il avait cependant trouvé un moyen de contourner le problème.

Renaud avance dans l'irrationnel mais Surprise l'écoute quand même avec patience. Commence-t-elle à le croire ? Ou bien est-ce l'effet du calmant ?

Néanmoins, il continue dans sa réflexion.

Arou éprouvait, à ne pas en douter, une certaine angoisse face à cette supposée immortalité, privé du seul ingrédient qui faisait le piment de la vie. Les femmes... Il était un homme volontaire, tenace et quand il eut comprit que Surprise était lasse de cette existence, qu'elle allait se donner au premier venu, il prit peur. Malgré le risque que cela comportait il fut contraint d'exécuter son projet.

Il n'était pas certain du résultat.

Renaud parle. Il est lancé. Sa théorie appliquée avec conviction. Il souligne le caractère d'Arou qu'il peint avec discernement.

Un élément supplémentaire, poursuit-il, l'avait poussé à agir de la sorte. Être plus fort que les deux vieux sorciers. Et se venger ainsi de cette punition sévère. Dans la mentalité de cet homme orgueilleux, il était normal que la jeune fille soit punie. Mai lui, un jeune et bel homme, un guerrier, un futur sorcier, c'était inconcevable. La tradition n'avait pas été respectée. Il ne tenait donc qu'à lui de surmonter l'épreuve et de la rectifier.

L'apparition du photographe fut providentielle et déclencha la machination. Il avoua à sa compagne qu'il était prêt à l'aider. Il mentit en lui confiant qu'il désirait mettre un terme à cette vie sans saveur. Il organisa donc cette fête de trois jours. Le temps nécessaire à la préparation de son projet. Prendre l'apparence d'un autre relevait d'une organisation lourde. Il était nécessaire de faire venir un chirurgien, d'installer sous une tente un bloc opératoire de campagne. Casablanca ne possède-t-elle pas des cliniques réputées pour ce genre d'opération ?

Devant cette détermination, cette envie d'en finir, Surprise lui avait-elle demandée de s'unir à nouveau pour boucler la boucle. Mais Arou avait prétexté qu' il n'était plus capable de posséder une femme aussi belle soit-elle. Sa puissance qui n'avait jamais eu le loisir de s'exercer depuis tant d' années était morte.

Renaud voit qu'il a touché en plein dans le mille. Une larme coule sur la joue de Surprise. Il cesse de parler puis devant le silence douloureux mais toujours obstiné de la jeune femme qui se refuse d'admettre la vérité, cette vérité cruelle, il replonge dans son délire imaginatif. Il n'est pas loin de la vérité.

Arou avait manigancé ce faux mariage à la seule fin d'endormir la méfiance de Surprise. Il avait prévu certainement de le tuer et de prendre sa place auprès d'elle. Il se serait débrouillé pour la faire patienter, le temps pour que la transformation de son corps opère. Il aurait peut-être inventé un accident à la figure pour cacher son visage qui ne pouvait se faire en un seul jour. Puis le moment venu, ils auraient fait l'amour. Peu lui importait que la jeune femme ensuite meure. Il n'était pas sûr que sa magie soit la plus forte. C'était un risque à courir.

Or le photographe s'était enfui. Surprise l'avait suivi. Son plan s'était effondré. Il s'était retrouvé seul avec son feu, sa poudre, son chirurgien, sa déception, sa haine. Il avait vécu des mois dans l'incertitude mais comme rien ne se passait, il avait réalisé que Surprise n'était pas encore passée à l'acte. Car il croyait toujours autant à la malédiction, malédiction qui pour Renaud, ne peut pas exister.
Arou vendit donc le terrain et partit à leur recherche.

Un soir, par chance, il retrouva enfin Renaud accoudé au bar d'un établissement du quartier latin. Il fut tenté de le tuer. Mais il se ravisa. Le contact était rétabli. Le temps devenait son allié. Il le suivit et retrouva par son intermédiaire la trace de Surprise, Il épia leur relation tapageuse. L'irréparable approchait. Mais le jeune sorcier s'était dès lors préparé à l'action. Il avait eu tout le temps de se transformer. De changer de visage.

Pourquoi moi, se demande encore Renaud ? Arou ne pouvait-il pas prendre l'apparence d'un autre, abandonner Surprise à son destin ? C'était à croire que sa présence était indispensable. Arou avait jeté son dévolu sur lui pour une raison qu'il ignorait.

La soirée de ce fameux réveillon l'avait pris de court. Il l'avait filé sans relâche le lendemain. Il devait faire vite. Toujours dans son délire Arou pensait que la prédiction des sorciers allait se réaliser. Il était impératif de changer de personnalité. Surprise avait pris le chemin du Maroc le matin même mais il se fichait complètement de son sort.

Quand Renaud à son tour avait pris l'avion, il s'était débrouille pour être parmi les voyageurs avec selon toute vraisemblance le visage masqué par un quelconque pansement. A Tinerghir, derrière les maisons du village, et sous la chaleur torride de la journée, il avait enfin trouvé l'instant propice. Il avait agressé Renaud en le frappant violemment à la tête. Le croyant mort, il l'avait abandonné baignant dans son sang. Puis il avait retrouvé Surprise, comprit qu'elle vivrait et avait décidé de rester avec elle. Par facilité. Ou plutôt pour faire un pied de nez aux deux sorciers qui avaient voulu se jouer de lui.

Avait-il compris que la malédiction n'avait jamais existé ? Sans doute.

Renaud cesse de parler. Il s'approche de Surprise et l'entraîne dans le jardin. Elle s'accroche à son bras et lui répond :

- Ton histoire est incroyable. Ainsi Renaud c'est toi. Mon mari était Arou. Comment te croire ?

- C'est simple. Retourne avec moi à Paros. Tu as déjà rencontré Yasmina dans la boutique. Je te présenterai à des dizaines de personnes qui pourront attester de mon identité. Il faut que tu viennes. Et puis rien ne te retient ici.

- Si tu y tiens ! Maintenant accompagne-moi dans ma chambre, je suis fatiguée.

A petits pas ils empruntent l'escalier qui mène à la terrasse. Il l'installe dans sa chambre, tire les volets pour que le jour et la chaleur ne pénètrent pas. Puis il dépose un baiser sur son front. Elle dort déjà.

Il profite de l'après-midi pour réserver des billets d'avion. La servante prépare les valises. Le lendemain ils sont en attente à l'embarquement de l'aéroport.

Yasmina les attend à Athènes.

Surprise, en la voyant, émerge de la somnolence qui ne l'a pas quittée durant le voyage. Réfugiée dans sa propre vérité, elle a peur d'affronter la réalité. Devant son double elle sait que ce qu'elle entendra dorénavant, ce qu'elle verra ne fera qu'étayer les dires de cet homme qui affirme ne pas être son mari malgré les apparences. L'horrible vérité enfonce ses clous.

- Bonjour Surprise !

Ce sont les seuls mots que Yasmina arrive à dire. Elle tremble pour son paradis. La situation est bizarre. Les passagers qui les croisent se retournent, sourient ou se poussent du coude avec des airs étonnés devant ces jumelles parfaites. Mais l'une paraît à peine plus âgée. Renaud avec ses cheveux argentés, sa barbe fleurie ressemble davantage à leur père. Surprise s'approche de Yasmina et lui effleure le visage avec le bout de son index.

- C'est bizarre. Je ne savais pas que j'étais aussi belle. Pauvre Renaud ! Tu vas faire comment maintenant ?

Elle est à bout de forces. Son rire part en cascade et s'éparpille dans un labyrinthe désespéré. Ils prennent un taxi et sans tarder embarquent sur un bateau qui vogue le soir même vers l'île de Paros. Yasmina a retenu une cabine. Surprise y passe son temps à dormir et à méditer. Renaud essaye plusieurs fois de lui parler mais chaque fois elle se referme dans un silence buté.

- Je veux rester seule ! dit-elle sans ajouter un mot de plus.

A Paros leur bateau attend amarré tranquillement à son ancrage. Renaud propose de passer par la boutique mais Surprise refuse. Ce n'est pas la peine. Peu importe les preuves ! Sa conviction est faite. Elle le croit maintenant. C'est bien lui Renaud Damier. L'homme qui a vieilli sans elle. L'homme qui a vécu comme un clochard. Elle pleure maintenant sur son sort et sur le sien.

Que doit-elle faire ? Que peut-elle faire ? Tout est cassé. Tout est mort. Yasmina les regarde tour à tour. Son angoisse la trahit. Mais elle est intelligente. Elle en a suffisamment bavé dans sa vie et cherche dans son capital bonté l'énergie nécessaire pour s'adapter. Elle admet la difficulté de Renaud qui est confronté à ce drame humain. Elle ne fera rien qui puisse le gêner dans ses décisions. Elle n'en laissera rien paraître.

Surprise est logée dans la chambre de Yasmina. C'est la plus ensoleillée et la fenêtre donne sur le port. Elle refuse le docteur et reste ainsi une huitaine de jours, prostrée, cloîtrée dans son silence.

Renaud et sa compagne commencent à se faire du soucis. Le choc n'a-t-il pas été trop fort ?

- Non je ne suis pas malade ! affirme-t-elle un soir lors d'un repas sur la terrasse.

Ce moment privilégié est le seul qui les réunit. Surprise picore dans son assiette, elle se contente d'écouter la conversation. Le regard braqué sur le couchant à l'horizon.

Après le repas ils attendent qu'elle veuille bien continuer de parler. C'était sa première phrase depuis une semaine. Mais elle se lève, leur dit bonsoir de la main et repart s'enfermer dans la chambre. La soirée se poursuit sans elle, à voix basse. Plus tard, Yasmina part à son tour se coucher et laisse Renaud avec son matelas de fortune sur la terrasse.

La nuit est douce et il a mal dans son cœur. Il sort sur la pointe des pieds, s'éloigne dans l'obscurité du port. Il est tard... La journée a été éprouvante. Grosse chaleur et beaucoup de travail.

Il se déchausse et laisse ses chaussures à l'entrée de la plage. Il les reprendra au retour. Dans sa tête il y a trop de choses. Il veut réfléchir et ranger tous ses souvenirs. Il s'installe sur un tronc d'arbre délavé, caprice de la dernière tempête. Il enfonce ses doigts dans le sable chaud et humide. Le ciel est clair. Une multitude d'étoiles l'éclairent. Il est misérablement perdu face à cette immensité.

Son enfance lui revient en mémoire. Comme dans un film en noir et blanc. Sa jeunesse. Ses parents. Sa vie de célibataire. Puis enfin sa rencontre féerique avec Surprise. Au bord de cette piscine ronde.

Il est dans sa nuit magique, leur seule et unique nuit.

Son amour qu'il croyait enfoui sous la tendresse qu'il éprouve aujourd'hui pour Yasmina revendique son existence. En réalité il n'a jamais cessé d'être. Il resurgit avec une force nouvelle. Et il crève de ne pas pouvoir prendre Surprise dans ses bras et lui dire tout son amour.

Il s'allonge sur le dos et ferme les yeux. Presque endormi. Il est deux heures du matin à sa montre et les vagues ne bougent plus. Soudain une main effleure son front. Une main qui relève une mèche rebelle. Il n'a pas le temps d'ouvrir les yeux. Une bouche s'est posée sur ses lèvres. Le baiser qui le réveille c'est celui de la nuit magique. Il veut se relever, se débattre, mais une force inexorable, une force de tendresse et d'amour, le tient cloué au sol. Il accepte alors celle qui s'allonge sur lui.
Après tout, il y a des années qu'il prie un dieu auquel il ne croit pas pour l'accomplissement d'un tel miracle.
- Ne dis rien... Je t'aime.

Sous le soleil de la nuit, ils font l'amour pour la deuxième fois. Plus rien n'existe. Ensuite, épuisés de leur audace, après avoir murmuré leur bonheur au silence, après avoir joué avec des vibrations communes, les amants réunis s'endorment apaisés.

Il se réveille le premier. Il a dormi comme un jeune homme. Deux femmes sont pelotonnées contre lui. Il reconnaît Yasmina. Elle les a rejoint, n'a rien dit et elle s'est allongée à côté d'eux. Simplement.

Alors lavé d'un possible remord, Renaud s'est levé doucement pour ne pas les réveiller. Il se déshabille et, nu comme à son premier jour, il plonge dans l'eau bienfaitrice de la mer.

Les deux jeunes femmes se sont réveillées à leur tour. Assises, toujours l'une à côté de l'autre, pareilles à de vieilles copines, elles le regardent jouer avec tendresse. Il est comme un enfant. Il nage avec vigueur et chaque fois qu'il plonge sous l'eau, ses muscles qui bougent semblent trouver une seconde jeunesse. Il est au mieux de sa forme.

Il se décide à les rejoindre. Que doit-il faire ? Les garder toutes les deux ? L'idée est plaisante. Après tout, délire-t-il, elles sont toutes les deux musulmanes. Leur mentalité est différente. Il a deux femmes. Voilà la vérité. La nouvelle vérité.
Il se tient maintenant devant elles dans le plus simple  appareil.

Ses yeux brillent avec un éclat particulier. Toutes ses rides se sont atténuées. Il a l'impression d'avoir vingt ans à nouveau. Il reste là, stupide et gauche, à contempler Surprise et Yasmina qui le dévisage avec un sourire en coin. Ont-elles déjà deviné le fond de sa pensée ? Les yeux, ces yeux si noirs, si beaux de ces deux femmes sont écarquillés de stupéfaction. Puis elles lui parlent. Mais il n'entend rien. Il a de l'eau dans les oreilles. Les yeux lui piquent et la scène lui parvient noyée dans un filtre d'eau salée. Il attend bêtement qu'elles se calment. Mais c'est long. Le temps s'est figé puis il tombe à genoux et son rire éclate en même temps que celui des femmes. Le sien est un rire de jeune homme. Fort, bruyant et moqueur.
Mais aussi un rire fou, digne de l'asile d'où il est sorti.
Il y a de quoi non ?

Ainsi, même les sorciers ne sont pas infaillibles. Tout le monde peut se tromper.
Et le trio repart dans leur rire commun et débridé.

## FIN

5

# Du même auteur chez MyBod

La 403
Le collier de l'existence
Le dernier des adultes
Martix l'humain et Martix la mécanique
Les cinq mains de Dieu

Putain d'oiseau (polars)
*La naissance d'un commissaire*
*Les flèches dans le cœur*
*Le clodo des Carmes*